KB166058

마력을 넣어서 아주 뜨겁게……!

그렇게 마음속으로 외며 잠시 막대를 움켜쥐니 가마 안이 뜨거워지면서 은이 녹기 시작했고, 작업실 안의 공기도 서서히 뜨거워졌다.

덥고 긴장돼서 내 이마가 점차 땀으로 흥건해졌다.

하나가 돼라, 하나가 돼라…….

왕도 두리의 **연금술사** 2
~망한 직업에 당첨됐으니 느긋하게 가게나 경영하겠습니다~

눈을 뜨니, 우리는 온통 신록의 나무에 둘러싸인 세상에 있었다.

천장의 한곳에서 쏟아져 들어오는 빛이 이 세상을 비추며 가득 채웠다.

그리고 중앙에는 유달리 거대한 나무 한그루가 천장의 빛을 향해 우뚝 서 있었다.

그 나무는 몹시 커다랬는데 천장보다 훨씬 높았고

구름에 걸려서 어디까지 뻗은 건지 짐작도 안 갈 정도였다.

왕도 변두리의 연금술사

〜느긋하게 망한 직업에 당첨됐으니 가게나 경영하겠습니다〜

글＝**yocco**
일러스트＝**쥰스이**

2

The alchemist on the outskirts of King's Landing
Author:yocco Illustration:Junsui

CONTENTS

제1장 아틀리에 오픈!

봄이 왔다. 새잎이 싹트고, 꽃잎이 바람에 휘날리는 시작의 계절이다.

날씨는 쾌청하고, 하늘은 연한 파란색. 나무 위로 고개를 내민 새잎 사이로 들어오는 햇살이 무척 아름다워서 마치 신께서 축복을 내리시는 듯했다.

나는 지금 내 아틀리에 앞에 서 있다. 물론 옆에는 성수 리프도 있다.

나는 춤이라도 출 만큼 마음이 들떠 있다. 왜냐고?

……어렸을 때부터 꿈꾼 내 아틀리에. 그게 드디어 오늘 오픈하니까!

나는 자르텐부르크 왕국의 왕도에 사는 자작 가문의 차녀 데이지 폰 프레스라리아. 열 살.

다섯 살 때 세례식에서 연금술사라는 직업을 하사받아 친가의 별채 실험실에서 열심히 연금술 공부를 했다.

그런 내 꿈은 왕도에 자신의 아틀리에를 여는 것!

그런 나를 가족과 사용인, 심지어 요정에 이르기까지 모두가 응원했다.

내가 제일 먼저 만든 건 연금술의 기본이라 불리는 포션 즉, 액체 약이었다. 연금술 공부에 푹 빠지면서 더 좋은 품질의 포션을 만들고 싶었던 나는 스스로 약초밭을 가꿨고, 거기서 자란 재료로 고품질 포션을 만들게 되었다.

그렇게 열심히 노력한 결과, 나라에서 내 고품질 포션을 인정해서 군대에 매주 정해진 양을 납품하게 되었다.

그리고 그 대금은 아틀리에를 열겠다는 내 꿈을 현실로 만들었다!

장소는 왕도 변두리의 북서문 근처. 상업지와 하급 귀족가 옆이고 이웃한 미궁 도시를 왕래하는 모험가로 북적이는 통행인이 많은 곳에 자리 잡았다.

개점일 전에 지금까지 신세 진 사람들로부터 아틀리에 개점을 축하하는 화분을 잔뜩 선물 받아서 2층과 3층 창밖에 꽃을 장식하기 위해 마련한 공간에 두었다.

그래서 지금 내 아틀리에 외벽은 내 꿈이 실현된 것을 축하하는 많은 분의 다정한 마음과 그 마음이 형태를 갖춘 형형색색의 꽃이 수놓아져 무척 화려했다.

선물이 화분인 이유는 이 나라의 관습 때문이다. 이 나라에는 개점을 축하할 때 꽃이 많이 핀 화분을 선물하는 풍습이 있다.

'그 토지에 뿌리를 내리고 꽃이 흐드러지게 피어나듯이

가게가 번창하기 바란다'는 의미가 있다.

　이제 건물 구조를 설명할까.

　아틀리에는 오른편이 연금 공방이고, 그 왼편이 빵 공방
인 구조다. 물론 빵은 포장해 갈 수 있고 식사할 수 있는 공
간도 있다.

　그리고 두 공방의 중앙 상부에는 '아틀리에 데이지'라고
새긴 간판이 달려 있다. 글자 앞뒤에 내 이름인 '데이지'를
따서 데이지 꽃도 크게 두 송이 새겼다. 글자는 밝은 초록색
이고 앞뒤를 장식한 데이지는 분홍색과 하얀색으로 칠했다.

　나는 연금 공방의 문손잡이에 손을 올리고 리프와 함께
안으로 발을 들였다.

　연금 공방은 문을 열고 들어가면 접객 카운터 너머로 점
원과 손님이 대면하는 구조이다.

　카운터에는 호출용 종이 있어서, 만약 나나 마커스가 안
에 틀어박혀 작업하거나 빵 공방을 도우러 갔어도 손님이
내점했음을 알 수 있다.

　"마커스, 개점 준비 고마워!"

　나는 상품 보존 창고에 갓 만든 포션을 넣고 있는 마커스
에게 말을 걸었다.

　"좋은 아침입니다! 물 주기, 증류수 준비, 포션 재고 확인
을 전부 마쳤어요!"

마커스는 작업하던 손을 멈추고 몸을 이쪽으로 돌려서 보고했다.

"그리고 오후에는 단골 고객인 군대에 납품하러 갈 예정입니다. 납품일은 아직 멀었지만 개점 보고도 할 겸 인사드리고 올게요!"

마커스는 내 소중한 조수이자 희귀한 감정 스킬을 보유한 연금술사고 나보다 한 살 많은 남자아이다. 처음에는 약간 철부지 같았지만, 우리 집 집사 세바스찬이 단단히 교육시킨 덕에 지금은 예의범절도 완벽하고 눈치도 빠르다. 집을 나온 나를 따라 아틀리에의 종업원이 되었다.

"확실히 인사해 두는 건 중요하지. 역시 마커스야! 고마워!"

나는 안심하고 연금 공방을 뒤로했다.

빵 공방 쪽에는 포장용 빵 견본을 장식하는 선반과 위생을 고려해서 실제 상품인 빵을 따로 보관하는 선반이 있다. 때마침 미나가 갓 구운 빵을 진열하며 개점 준비를 하고 있었다.

미나는 하얀 고양이 수인 여자아이이고 나와 나이가 같은 요리사다. 아틀리에에서 내가 개발한 '폭신폭신 빵'이나 '데니쉬'를 왕도 사람에게 만들어 주고 싶다면서 나를 따라왔다. 감정이 꼬리 움직임으로 쉽게 드러나서 귀엽다!

참고로 미나가 인간과 다른 점은 고양이 귀와 꼬리가 달렸다는 점뿐이다. 그래서 앞치마만 제대로 두르면 음식에

털이 떨어질 걱정은 없다.

"미나, 좋은 아침! 개점을 앞두고 곤란한 점은 없어?"

그러자 미나는 빵이 올라간 쟁반을 테이블 위에 내려놓고 나에게 대답했다.

"좋은 아침이에요, 데이지 님! 빵 공방 준비는 괜찮아요. 일반 빵과 특별 빵의 오전 분량은 다 구워서 이제 여기에 있는 남은 빵을 선반에 넣으면 끝이에요!"

미나는 개점 시간까지 못 기다리겠는지 호기심이 섞인 두 근거리는 표정을 지었다. 접객하면서 어떤 손님이 올지 벌써 기대하는 걸까?

"미나는 제조와 접객을 겸하니까 일손이 모자라면 사양 말고 말해! 도와주러 올게."

"네, 감사합니다! 아아, 빨리 빵을 먹은 손님의 얼굴이 보고 싶어요!"

그 말대로 하얀 꼬리가 호기심으로 흔들거렸다.

그날그날 빵 공방에 진열되는 상품은 기본적으로 미나에게 맡기고 있다.

오늘의 빵은 네 종류다.

첫 번째는 '폭신폭신 빵'을 납작하게 만들어서 그 위에 소시지와 얇게 썬 제철 아스파라거스를 올린 빵, 두 번째는 '데니쉬' 위에 '휘핑크림'과 얇게 썬 딸기를 장식한 빵. 그리고 일반 상품이 될 예정인 심플한 '폭신폭신 빵'과 '초승달 모양 데니쉬'다.

빵은 그 종류에 따라 다르지만 대체로 3백에서 5백 릴레 정도의 가격을 붙였다.

음료는 홍차나 과일의 풍미를 더한 물이 있는데, 오늘은 오렌지 맛으로 준비한 듯했다. 또한 모든 점원이 아직 음주가 가능한 15세가 안 돼서 술은 팔지 않는다.

미나가 다시 빵 진열 작업으로 돌아가서, 나는 방해가 안 되게 장소를 이동했다.

내가 다음으로 얼굴을 내민 곳은 작은 경리실이었다. 그곳에 카츄아가 있었다.

카츄아는 매일 출근하지는 않지만 오늘은 장부의 최종 체크를 하러 아침 일찍부터 왔다.

아틀리에의 경리와 돈 관리는 내가 직접 하지만, 카츄아가 문제가 없는지 확인하려고 비정기적으로 찾아오기로 약속했다.

카츄아는 이 나라의 상업 길드장의 딸로 나보다 두 살 많은 어른스러운 아이다. 상인이나 장인과의 두터운 인맥이 이 아이의 대단한 점이다.

이 아이의 협력 없이는 아틀리에를 건설하지 못했을 것이다. 물건 찾기부터 내부 인테리어 장인 소개에 이르기까지 정말 많은 신세를 졌다.

아 참, 카츄아는 장래에 자기 상회를 갖는 게 꿈이다. 정말 원대한 꿈이야!

"좋은 아침, 카츄아. 좀 어때?"

나는 경리실 문을 열고 말을 걸었다.

"어머, 안녕하세요, 데이지 님. 장부를 체크하면서 지금 당장에라도 쓸 수 있게 했으니까 매일 매상과 경비를 꼼꼼히 기록하셔야 해요!"

……네, 노력하겠습니다.

이 나라에서는 일주일이 7일이고, 그중 마지막 하루는 안식일이어서 원칙적으로 휴일이다. '아틀리에 데이지'도 그에 따라서 일주일 중 6일이 영업일이고 남은 안식일은 모두의 휴일이다.

우리의 아틀리에는 이 멤버와 함께 시작하려 했다.

아, 그렇지! 아직 소개해야 할 친구가 남았잖아!

나는 다시 아틀리에 밖으로 나갔다.

건물 뒤편으로 돌아가자 넓은 약초밭에서 식물의 요정과 만드라고라가 따스한 햇빛을 온몸으로 받으며 봄을 만끽하고 있었다. 그들도 아틀리에를 여는 나를 따라온 소중한 친구들이다!

밭에서는 요정들이 약초와 채소를 열심히 돌보고 있었다.

개점을 앞두고 미나가 빵과 우리 식사에 쓸 허브를 키우고 싶다고 해서, 밭에는 약초 외에도 로즈마리나 부추, 바질 같은 것이 늘었다.

요정이 그런 소중한 밭을 벌레와 짐승에게서부터 지키고 있다.

그들 덕분에 내 밭의 식물은 항상 봄처럼 싱싱하게 잎을 뻗치고 있다.

시간이 흘러, 점점 개점 시간이 다가왔다.

갓 구운 빵 향기가 주위를 감도는 게 신경 쓰이는지, 많은 이웃집의 창문이 조금씩 열리며 이웃 사람들이 내 아틀리에를 들여다보았다.

아침 일찍부터 북서문을 통해 미궁 도시로 가는 모험가들도 무슨 냄새인가 싶어 아틀리에를 힐끔거리며 지나갔다.

온 거리에 아침 6시를 알리는 교회의 종소리가 울렸다.

자, 개점이다!

나와 리프는 서둘러 연금 공방으로 이동했다.

손님 1호는 맛있는 빵 냄새에 흥미를 보인 지나가던 남녀 두 쌍의 모험가로 총 네 명이었다.

"꽤 좋은 냄새가 나는데 이거 먹는 거야?"

한 여자 모험가가 미나에게 물었다.

"어서 오세요! 네, 연금술로 부드럽게 개량한 빵이에요. 이쪽은 부드럽고 폭신폭신하고, 이쪽은 바삭하고 촉촉해요."

두 여자 모험가는 딸기가 올라간 '데니쉬'에 꽂힌 듯했다.

"있잖아 리더, 이거 사 줘. 맛있어 보여!"

이 파티는 두 쌍의 모험가가 커플인지, 각자 여자가 남자의 팔에 매달리며 졸랐다.

결국 그 사람들은 딸기가 올라간 '데니쉬'와 소시지가 올라간 빵을 두 개씩 구매했다. 값을 치른 모험가들은 빵을 먹으면서 떠나갔다.

연금 공방에도 손님이 찾아와서 내가 접객했다.

"어서 오세요!"

3인조 파티로 그중 한 명인 여자가 물었다.

"이 포션, 정말 저기에 쓴 대로 효과가 두 배야?"

그 여자가 가게 안에 붙은 벽보를 가리켰다.

그렇다, '고품질이고 일반 포션보다 효과가 뛰어나다'는 게 내 아틀리에의 세일즈 포인트다.

나는 여자 모험가에게 이렇게 대답했다.

"네, 두 배예요. 군대의 특별 지급품으로 납품하는 효과가 확실한 상품이에요."

"포션의 효과가 두 배면 화장실 가는 횟수도 줄겠지? 마나 포션을 벌컥벌컥 마셔 대면 솔직히 힘들다고. 던전의 심층부까지 들어갈 거면 이 마나 포션 살래."

"너 이제 와서 그런 걸 신경 쓰냐?"

여자의 고충을 모르는 남자는 여자에게 머리를 얻어맞았다.

내 포션을 일반 포션과 같은 가격으로 팔면 다른 가게의 영업을 방해하게 된다. 그래서 성능을 감안해서 내 포션에는 일반 가격의 다섯 배를 붙였다.

그래서 가격을 본 남자는 비싸다고 투덜거렸지만, 결국 그 파티는 마나 포션을 두 병 사 갔다.

이어서 빵 공방 쪽에 다음 손님이 찾아왔다. 창문으로 힐

끔힐끔 쳐다보던 이웃 사람이었다.

"아이가 먹고 싶다고 계속 조르네. 시험 삼아서 제일 싼 빵을 네 개 사 갈게."

그 사람은 미나가 추천한 심플한 '폭신폭신 빵'을 아침 식사용으로 사서 맞은편에 있는 공동주택으로 사라졌다.

이리하여 '아틀리에 데이지'는 활기찬 개점일 아침을 맞이했다.

가게를 개점한 지 며칠이 지났다.

이제 연금 공방과 빵 공방의 고객 동향이 보이기 시작했다.

내가 주로 가게를 보는 연금 공방은 아침이 바쁘고 그 뒤로는 한가한 경우가 많다.

주요 고객은 미궁 도시에 있는 던전을 공략하러 가거나 길드에서 받은 의뢰를 처리하러 가는 모험가다. 그 사람들은 기본적으로 아침 일찍 이 마을을 떠난다. 그래서 그 시간대를 지나면 의외로 한가하다.

특히 굳이 내 포션을 골라서 사 가는 사람들은 던전 심층부를 공략하려는 사람들이다. 다른 가게에서 파는 평범한 포션을 여러 병 마시는 것보다 우리 가게에서 파는 비싸지만 한 병으로 끝나는 포션에 가치가 있는 모양이다. 그 사람들에게는 간절한 '화장실 사정'이라는 것이 있는 듯했다.

바로 화장실을 가는 횟수를 말한다…….

특히 후위직이라 땀을 별로 안 흘리는 마도사나 회복사,

그중에서도 여자에게 마나 포션이 호평이었다.

당연히 던전 안에 화장실 같은 건 없어서 여자들은 풀숲이 우거진 곳이나 그늘에 숨어서 일을 봐야 한다. 그게 정신적으로 아주 고통스럽다고 한다. 그때 나타난 게 가격은 비싸지만 회복 효율이 좋은 내 포션인 모양이다.

한 번 사 간 손님이 모험가 길드에 있다는 술집에서 정보를 교환하면서 입소문을 퍼뜨린 모양이었다. 고마운 일이다.

덕분에 원래 나라에 납품해서 금전적으로 궁할 일이 없는 우리 아틀리에였지만, 점포 자체도 손님이 안 온다고 골머리를 앓을 필요 없이 평온한 일상을 보내고 있다.

빵 공방 쪽은 매일 미나가 바쁘게 일하고 있다.

고정 상품인 '폭신폭신 빵'은 이웃 사람들이, '초승달 모양 데니쉬'는 약간 금전적인 여유가 있는 상인 가문이나 귀족 가문에서 심부름을 온 사용인들이 주로 산다.

매일 바뀌는 특별 상품 두 종류는 맛있는 냄새와 신기함에 지나가던 사람들이 충동적으로 산다.

아침과 점심때는 무척 붐벼서 미나 혼자로는 벅찰 것 같으면 마커스가 눈치 빠르게 접객을 도와주러 간다.

그런 '아틀리에 데이지'의 빵 공방 단골 중에 도로 맞은 편 끄트머리에 사는 할머니가 있다. 실은 나처럼 연금술 아틀리에를 운영하는 분인데 성함은 아나스타샤 씨(애칭 아나 씨)다. 여러 사정이 있어서 다른 나라에서 이주한 분이라고 한다.

작고 가녀린 체격에 허리가 살짝 굽었다. 센 회색 머리를 하나로 묶고 얼굴에는 작고 동그란 안경을 썼다. 주름이 자글자글한 얼굴에 항상 미소가 끊이지 않는 다정한 할머니다.

사람들이 '아이가 열이 날 때는 아나 할머니의 포션을 먹여야지.'라고 생각할 만큼 마을에서 사랑받는다.

"안녕하세요, 아나 씨."

가게에 찾아온 아나 씨에게 미나가 말을 걸었다.

"미나가 굽는 빵은 일품이니까 오늘도 왔단다."

아나 씨는 싱글싱글 웃으며 가게 안의 빵 견본이 진열된 선반으로 다가갔다.

"오늘의 특별 빵은 치킨과 감자에 로즈마리 향을 가미했구나. 맛있겠는걸."

아나 씨는 싱글싱글 웃다가 문득 중얼거렸다.

"이 빵에 고향의 그 살살 녹는 치즈를 올리면 더 맛있을 텐데……. 치즈가 그립구나."

조금 쓸쓸해 보이는 얼굴로 그런 말을 남긴 아나 씨는 그 특별 빵과 '폭신폭신 빵'을 한 개씩 사서 돌아갔다.

"……그런 일이 있었어요."

영업 시간이 끝나 모두가 모인 저녁 식사 시간, 미나가 나에게 아나 씨 이야기를 했다.

"이 나라에서 치즈는 수입품이라 무척 비싸잖아. 나도 먹어 본 적 없어. 아나 씨는 이주해 왔으니까 예전에 원래 살던 나라에서 먹어 보셨나……."

치즈라는 음식은 교회가 큰 힘을 가져서 수도원이 영지를 소유할 수 있는 나라에서 만든다. 수도원 영지에서 소나 염소 같은 동물로 목축업을 하는데, 그곳에서 사육하는 동물의 젖을 원료로 만든다. 또, 삼림 지대에서 대규모 목축업을 하는 농가가 있는 나라에서도 만든다.

그러나 우리 나라는 교회나 수도원이 영지를 소유할 수 없고 농가의 규모도 작다. 그 때문에 만드는 사람이 없어서 좀처럼 얻기 힘든 식품이다.

"그때 아나 씨가 쓸쓸해 보이는 얼굴이셨어요. 항상 웃는 표정이 멋진 분이었는데."

마커스가 그때 아나 씨의 표정을 추가로 설명했다.

언제나 미소를 잃지 않는 아나 씨가 그렇게 슬픈 표정을 짓는 모습은 보고 싶지 않아.

"연금술로 만들 수 있나 조사할게. 왜, '연금술로 만드는 맛있는 식탁'에 실렸을지도 모르잖아!"

나는 내일 점심때 비는 시간에 조사하기로 했다.

'연금술로 만드는 맛있는 식탁'의 페이지를 넘기면서 찾아보니 다행히도 만드는 법이 실려 있었다.

신선한 우유를 발효시킨 다음 '응고제'를 넣어서 만든다고 한다.

원래는 새끼 염소나 송아지의 위 안에 있는 액체로 응고제를 만든다는데 아무리 그래도 그건 비용 면에서 비효율적이다. 하지만 다른 방법이 있는 듯했다.

그걸 본 나는 치즈를 만들기로 결심했다.

아나 씨가 웃으셨으면 하니까!

제2장 치즈를 만들자!

　우선 새끼 염소나 송아지의 위에서 얻는다는 응고제는 식물에서도 같은 성분을 얻을 수 있다고 해서 그걸 쓰기로 했다.

　무화과나무. 지금은 봄이니까 제철이 아니다.

　남쪽에서 나는 과일. 식물도감에 따르면 우리 나라 남부에서도 난다고 하는데 가격이 비싸고 유통량이 적다.

　아티초크 꽃의 수술. 아티초크는 둘째 치고 그 꽃 자체가 유통되지 않는다.

　홍화 씨앗은…… 있을 법해!

　홍화는 염료나 좋은 기름을 얻을 수 있어서 우리 나라 농가에서도 키우는 식물이다. 그렇다면 농가용으로 씨앗을 팔지 않을까 싶어서 우선 그런 가게를 소개받으려고 상업 길드를 찾아갔다.

　당연하지만 리프가 같이 따라왔다. 예전에 아틀리에를 열장소를 찾으러 다니다가 유괴 미수 소동이 벌어져서 넌더리가 난 나는 리프에게 펜릴의 모습으로 따라오라고 부탁했다.

상업 길드장의 딸인 카츄아의 다리를 치료했다는 이야기가 그 아이의 아버지인 올리버 씨를 통해 길드 본부 사람에게 퍼져서, 나는 어린 나이에도 길드 본부 사람의 인정을 받게 되었다.

그 사람들은 내가 용건이 있어서 의지할 때마다 빠르게 대응해서 고마웠다.

"안녕하세요."

상업 길드 창구에 온 나는 접수원 언니에게 길드원증을 보여 주었다.

"데이지 님, 안녕하세요. 오늘은 어떤 용건으로 발걸음 하셨나요?"

접수원 언니가 싱긋 웃으며 물었다.

"홍화 씨앗을 사고 싶은데 좋은 가게를 소개받을 수 있을까 해서요."

"그렇군요…… 잠시만 기다려 주세요. 담당자에게 확인하겠습니다. 데이지 님은 저쪽 소파에 앉아 계세요."

접수원 언니는 그렇게 말하고 승강기가 있는 쪽으로 갔다.

나는 잠시 할 일 없이 소파에 앉아서 기다렸다.

문득 천장을 올려다보니 색색의 타일 조각들로 상업의 신과 그 사자인 천사들이 거대한 모자이크화처럼 그려져 있어서 그 절경에 감탄한 나는 한숨을 내쉬었다.

역시 이 나라 상인을 전부 관리하는 상업 길드의 본부답다. 장인의 기술도 훌륭하고 아낌없이 사용한 타일의 색이 무척 산뜻한 게 정말 화려한걸……!

모자이크화의 디테일까지 관찰하면서 시간을 때우고 있으니 접수원 언니가 돌아왔다.

"데이지 님, 여기에 추천할 만한 가게를 몇 군데 적었습니다. 간단한 지도도 첨부했으니 찾아가 보세요."

접수원 언니는 종이 몇 장을 나에게 건넸다. 정갈한 글씨로 쓴 가게 목록과 몇 장의 지도였다.

"이렇게 깔끔하게 정리해 주셔서 고마워요! 감사합니다!"

내가 그렇게 말하며 싱긋 웃자, 언니도 기쁜 듯이 웃었다.

나는 가게 이름 앞에 별 모양이 그려진(가장 추천한다는 의미인 듯하다) 가게를 찾아 펜릴의 모습인 리프와 함께 거리를 걸었다. 그리고 고급스러워 보이는 꽃집에 도착했다.

꽃집이긴 하지만 농업용 씨앗과 모종, 정원용 꽃과 나무까지 취급하는 상당히 큰 가게였다. 그래, 이만큼 큰 가게라면 내가 원하는 것도 있을 테니 최우선으로 추천할 만하다.

"리프, 그 모습으로는 가게에 못 들어가니까 작아지지 않을래?"

그렇게 말하며 리프의 머리를 쓰다듬자, 리프가 펑 하고 강아지 모습으로 변했다. 그런 리프를 데리고 씨앗이 진열된 곳으로 왔다.

그곳에는 작은 서랍이 잔뜩 달린 고급스러운 찬장이 있었고 각 서랍에 다양한 식물의 이름이 쓰여 있었다.

"홍화, 홍화……."

어라, 없네. 곤란한걸.

눈살을 찌푸리며 수많은 서랍을 뒤지는데 두꺼운 천으로 만든 앞치마 차림의 점원 아저씨가 말을 걸었다.

"아가씨, 뭐 찾으세요?"

나는 그 질문에 홍화 씨앗을 사러 왔다고 목적을 알렸다.

"아, 죄송합니다. 그건 일반적인 손님은 찾는 경우가 없어서 안쪽에 두었습니다. 가져올까요?"

나는 고개를 끄덕이고 잠시 그 자리에서 기다렸다.

이윽고 돌아온 아저씨는 내 손바닥 크기만 한 삼베 주머니에 가득 든 홍화 씨앗을 들고 있었다.

"농가용 씨앗이라 가장 작은 판매 단위가 이건데 괜찮으세요?"

"괜찮아요. 많아도 상관없어요. 그건 그렇고 저쪽 옆에 토마토 모종이 있던데, 벌써 토마토를 심을 시기인가요?"

왠지 토마토가 있으면 미나가 기뻐할 것 같았다.

"네, 봄의 이 무렵에 심으면 여름에 큰 열매가 잔뜩 열립니다."

추천한다는 점원의 말에 나는 홍화 씨앗과 토마토 모종을 하나씩 사서 내 아틀리에로 돌아갔다.

토마토는 미나가 무척 기쁘게 받아서 밭에 옮겨 심었다.

"조금 빠르긴 하지만요."

미나는 그렇게 말하며 나뭇가지와 끈으로 토마토가 자랐을 때를 위한 지주대를 만들어 덩굴 끝부분을 거기에 감았다.

 다음 날 이른 아침.
 뒤편 밭 쪽에서 마커스의 커다란 비명이 들려왔다.
 "마커스, 갑자기 왜 소리를 지르고 그래?"
 여자 전용 층인 3층에서 나와 미나가 서둘러 밭으로 달려
갔다.
 어라……?
 밭에 도착해서 살펴보니 식물의 요정 중에 크기가 다른
요정이 있었다. 어째선지 크기가 큰 개체가 있는데…….
 "요정이 자랐어요!"
 땅바닥에 엉덩방아를 찧은 마커스가 가리키는 곳에는 확
실히 커다란 요정(?)이 있었다. 상당한 크기의 요정(?)이
나에게 자주 말을 거는 여자아이 요정의 목소리로 말하며
기쁘게 내 쪽으로 다가왔다.
 "데이지! 네 밭 덕분에 내가 정령으로 승격했어!"
 갓난아기만 한 크기의 정령은 내 손을 잡고 기쁜 듯이 공
중에서 돌았다.
 "나, 이런 것도 할 수 있어!"
 정령이 회전을 멈추고 어제 심은 토마토 모종을 가리키
자, 손끝에서 반짝거리는 초록색 빛이 나와 모종으로 향했
다. 그러자 갑자기 모종이 쑥쑥 성장해서 새빨갛고 알찬 토
마토가 가득 열렸다!

"어? 방금 무슨 일이 일어난 거예요?!"

정령과 요정이 안 보이는 미나는 꼬리털을 확 부풀리며 놀랐다. 토마토 모종이 갑자기 성장했으니 놀라는 게 당연하지. 그건 그렇고 성장했을 때를 위한 지주대를 세워서 다행이다. 지주대가 없었으면 열매 무게 때문에 모종이 쓰러질 뻔했다.

나는 미나에게 이 밭에는 사실 식물의 요정과 정령이 사는데 방금 현상은 정령 짓이라고 설명했다.

"그렇구나, 그런 가호가 있는 밭이었군요. 그건 그렇고 아직 제철도 아닌데 이렇게 탐스럽고 새빨간 토마토가 한가득……. 보존하게 토마토소스로 만들어 둬야겠어요. 그리고 불안정하니까 지주대에 덩굴을 감아야……."

내가 호의로 사 왔던 토마토 모종은 미나의 일거리를 늘리고 말았다.

그리고 이야기는 치즈 만들기로 돌아간다.

홍화 씨앗을 얻었으니 먼저 그 씨앗에서 성분을 추출해야 한다.

절구로 씨앗을 으깬 다음 소량의 우유에 담근다. 씨앗 성분이 전부 우유에 스며들 때까지 마력을 주입하면서 휘저어서 성분 추출을 재촉한다.

씨앗 엑기스가 우유에 충분히 녹아들면 천으로 거르고 엑기스가 담긴 우유를 잠시 놓아둔다.

우리가 평소에 자주 마시는 우유에는 따뜻한 곳에 3일 정도 방치하면 저절로 요구르트가 될 만큼 '시큼해지는 성분'이 많이 포함되어서 굳이 그런 성분을 따로 추가할 필요는 없다.

냄비에 우유를 넣고 데워서 손끝으로 만질 수 있는 온도 (목욕물보다 많이 미지근한 정도)로 만든 다음 아까 그 홍화 엑기스가 든 우유를 넣는다.

불을 끄고 연금 발효를 시키면 우유가 요구르트에서 푸딩 사이의 굳기가 되는데, 이걸 식칼로 가로세로 검지 마디 길이 정도 크기로 썬다.

잠시 후에 수분이 나오면 약불로 데운다. 천천히 밑바닥까지 젓고 다시 온도를 미지근한 목욕물 정도로 천천히 올린다.

온도가 오르면 불을 끈 뒤에 뚜껑을 덮고 4시간 정도 방치한다.

4시간이 지나 고체와 액체로 나뉘면 소쿠리로 고체 부분을 모은다.

이걸 천을 이용해 물기를 가볍게 빼면 '보슬보슬 치즈'가 된다.

하지만 지금은 '보슬보슬 치즈' 뿐 아니라 '동글동글 치즈'도 만들고 싶다.

왜냐하면 책에 아주 맛있다고 쓰여 있으니까! 생으로 먹어도 좋고 구워서 녹여 먹어도 좋다고 나와 있었다. '구우면 살살 녹는 치즈' 라고 하니 아마 아나 씨의 소원을 이뤄 드릴 수 있지 않을까?

그러나 '동글동글 치즈'를 만들려면 아직 거쳐야 할 단계가 많다.

끓기 직전의 뜨거운 물과 얼음물을 준비한다. 전 단계에서 마지막으로 완성된, 소쿠리로 모아서 동그랗게 굳힌 우유를 뜨거운 물에 넣는다. 덩어리가 떠오르기 시작하면 부드럽고 탄력이 있는 실 같은 질감이 생길 때까지 늘리고 반죽한다.

이건 몹시 뜨거우니 청결한 주방용 장갑을 낀 상태로 뜨거워지면 물로 식히면서 반죽하자!

뜨거운 걸 참고 작업을 끝내면 뜯어서 동그랗게 만들고 얼음물에 넣어서 식힌 다음 소금물에 살짝 담가 둔다. 그리고 헝겊으로 물기를 닦고 건조해지지 않게 젖은 천으로 감싸서 하루 동안 휴지시키면 '동글동글 치즈'가 된다!

[보슬보슬 치즈]
분류: 음식
품질: 양질
세부 사항: 담백하고 신선한 치즈. 샐러드에 넣어 먹으면 맛있다. 케이크 재료로도 쓰인다. 크림과 섞어서 얼리면 '크림 치즈'가 된다!

어라. 감정이 새로운 제안을 하네……. 반만 크림과 섞어 볼까.

'원심 분리기'를 빙글빙글 돌려서 크림을 만들고 그걸 '보슬보슬 치즈'에 섞었다.

[크림 치즈]
분류: 음식
품질: 양질
세부 사항: 부드럽고 신선한 치즈. 빵에 발라 먹으면 최고 다! 케이크 재료로도 쓰인다.

……새로운 치즈가 하나 더 생겼어! 디저트로도 먹을 수 있어서 좋네!

[동글동글 치즈]
분류: 음식
품질: 양질(-1)
세부 사항: 하루만 더 기다리자! 우유의 풍부한 맛이 굉장 한 신선한 치즈가 된다. 그대로 먹어도 맛있고, 오븐 요리 에 사용하면 입에서 살살 녹는 게 최고다!

이걸로 일단락됐다!
그런 생각이 들어서 만족스럽게 허리에 손을 올리고 당당히 서 있던 나에게 마커스와 빵 공방 업무를 교대한 듯한 미나가 찾아왔다.

"데이지 님, 오늘 실험은 마무리되셨나요?"

미나는 실험실 안을 두리번거리며 다가왔다.

"'보슬보슬 치즈'랑 '크림 치즈'는 완성했어. 여기 있는 '동글동글 치즈'는 내일 완성돼! '동글동글 치즈'는 구우면 입에서 살살 녹는대."

나는 그렇게 말하며 각각 한 컵 분량인 '보슬보슬 치즈'와 '크림 치즈', 총 세 개가 나온 '동글동글 치즈'를 미나에게 선보였다.

"'보슬보슬 치즈'랑 '크림 치즈'를 좀 먹어 봐도 될까요?"

흥미진진해 보이는 표정을 지은 미나에게 나는 고개를 끄덕이며 허락했다.

손을 씻고 행주로 닦은 미나는 '보슬보슬 치즈'를 집어서 입에 넣었다.

"산미가 있고 담백하네요. 샐러드에 넣으면 맛있을 것 같아요."

다음으로 '크림 치즈'를 스푼으로 살짝 떠서 입안에 머금었다.

"어라? 이건 휘핑크림 대신에 데니쉬에 넣으면 어울릴 것 같아요. 아, 하지만 부추랑 마늘 맛을 더하면 식사용 빵으로 괜찮을지도……. 이 '크림 치즈'를 조금만 써도 될까요?"

뭔가 좋은 아이디어가 떠오른 모양이다. 나는 안절부절못

하는 미나에게 허락했다.

"잠시만 기다리세요!"

미나가 재빠르게 그 자리를 떠나 주방으로 사라졌다.

그리고 잠시 후, 미나가 쟁반을 들고 왔다. 그곳에는 폭신폭신 빵을 얇게 썬 것을 다시 구워서 표면을 바삭바삭하게 만들고 그 위에 두 종류의 '크림 치즈'를 올린 빵이 놓여 있었다.

하나는 '크림 치즈'에 간 마늘과 부추를 섞은 빵, 다른 하나는 '크림 치즈'에 말린 살구 시럽 절임을 새끼손가락 끄트머리만 한 크기의 주사위 모양으로 썰어서 섞은 빵이었다. 둘 다 세 개씩이었다.

""으음~!!"

둘이서 그 황홀한 맛에 전율을 느끼는데, 빵 공방 쪽이 한가해졌는지 마커스가 고개를 내밀었다.

"잠시만요. 저 혼자 가게를 보게 해 놓고 둘이서만 몰래 맛있는 신제품을 맛보는 거예요?"

마커스는 투덜거리면서도 온화한 표정을 지었다. 미소를 지으며 빵을 우물거리는 우리의 풀어진 얼굴 때문일까.

"마커스 몫도 있어."

그 말에 마커스도 손을 씻고 깨끗한 행주로 닦았다.

그리고 미나가 건넨 쟁반에서 '크림 치즈'를 올린 빵을 집어 한 손에 하나씩 들었다.

먼저 부추를 올린 쪽을 한입에 넣었다.

"아, 맛있네요! 폭신폭신 빵에 듬뿍 발라서 먹고 싶은데요!"

다음으로 살구를 올린 쪽을 먹었다.

"음. 이건 아이들이나 여자들에게 잘 먹힐 것 같네요. 데니쉬에 듬뿍 올려서 베리 계열의 잼을 같이 발라 먹으면 어울릴 것 같고요."

이리하여 다음 날 저녁 식사 때, 셋이서 '동글동글 치즈'의 시식회를 열었다.

납작하게 만든 빵에 올려서 구우니 입안에서 살살 녹는 뜨거운 치즈! 생으로 썰어서 입에 넣으니 입안 가득 퍼지는 풍부한 우유의 맛! 시식회는 대호평을 받으며 끝났다.

우리는 만반의 준비를 갖추고 아나 씨를 저녁 식사에 초대하기로 했다!

아나 씨와 약속한 날, 교회의 오후 6시를 알리는 종이 울리고 주위가 완전히 오렌지색으로 물들 무렵에 아나 씨가 우리 집으로 찾아왔다.

우리 집은 아틀리에 2층에 공용 공간이 있다. 화장실과 욕실처럼 물을 쓰는 공간이 있고 소파와 여유 있는 6인용 다이닝 테이블이 있는 거실이 있다.

그리고 마커스의 방과 옷방으로 쓰는 방이 있다.

3층은 빈 방을 포함해서 여자용 방이 세 개 있다. 내 방은 건물 주인의 방이기도 해서 짐이 제법 많기 때문에 크기가 두 배로 넓다.

우리는 계단을 올라 아나 씨를 2층 다이닝 테이블까지 데리고 왔다.

"어머, 대단하구나."

아나 씨는 테이블 앞에 도착하자 동그란 안경 안쪽으로 눈을 깜빡거렸다.

테이블 위에는 미나가 심혈을 기울여서 만든 각종 치즈 요리가 늘어서 있다.

전채 요리는 두 종류다. 폭신폭신 빵을 얇게 썰어서 구운 토스트 위에 부추와 마늘을 섞은 '크림 치즈'를 올린 빵과 토스트 위에 올라간 '크림 치즈'에 훈제 연어와 딜을 곁들인 빵.

또 다른 요리는 얇게 썬 '동글동글 치즈' 위에 잘게 다진 토마토와 바질을 올리고 소금과 올리브 오일로 맛을 낸 것.

샐러드는 봄 채소를 잔뜩 데쳐서 식초와 오일에 버무리고 둥글게 썬 블랙 올리브와 '보슬보슬 치즈'를 올린 것.

메인 요리는 크고 납작하며 동그란 빵 위에 토마토 소스를 바르고, 그 위에 얇게 썬 '동글동글 치즈'와 바질을 골고루 올려서 구운 치즈 토스트다. 방금 막 구워서 뜨거운 치즈가 살살 녹았다.

끝으로 디저트는 '크림 치즈', 설탕, 달걀, 크림, 밀가루, 레몬즙을 섞어서 구운 치즈 케이크다.

"얘들아, 이거 치즈 요리니? 응고제 얻기가 어려웠을 텐데, 날 위해 그렇게 큰돈을 쓴 거니?"

송아지나 새끼 염소 한 마리를 쓴 줄 알았는지, 아나 씨의 눈썹이 미안하다는 듯이 내려갔다.

"괜찮아요, 식물에서 얻은 응고제가 있어서 그걸로 굳혔어요."

나는 그렇게 말하며 아나 씨를 중앙의 의자로 안내했다. 그리고 아는 아나 씨의 맞은편에 앉았고 남은 빈 접시와 식기가 놓인 자리에 미나와 마커스가 앉았다.

"전부 아나 씨를 위해 미나가 열심히 생각해서 만든 거예요! 자, 사양 말고 드세요!"

아나 씨가 "세상에."라고 하면서 주름이 자글자글한 미소를 지으며 흘린 기쁨의 눈물을 손수건으로 훔쳤다.

"전채 요리부터 순서대로 먹어야 하겠지만⋯⋯. 뜨거운 음식은 식기 전에 먹어야겠지!"

아나 씨는 이미 훈제 연어가 든 치즈가 올라 간 토스트를 나이프와 포크로 들어 접시 위에 올리고 있었다.

그리고 자른 토스트를 입안에 넣었다.

"아아, 뜨겁고 살살 녹는구나! 어흐! 아뜨뜨뜨⋯⋯."

그렇게 말하면서도 웃으며 기쁘게 뜨거운 토스트를 먹는 아나 씨.

"이 요리는 처음 먹어 봐. 빵과 토마토소스와 치즈가 이렇게 궁합이 좋을 줄이야!"

아나 씨가 먹기 시작하는 것을 보고 우리도 각자 먹고 싶은 것을 접시에 덜어 먹기 시작했다.

'크림 치즈'에 훈제 연어와 딜을 올린 빵은 딜이 연어의 비린내를 잡아서 상쾌하니 맛있었다.

토마토를 올린 '동글동글 치즈'는 치즈에서 배어 나오는 달콤하고 풍부한 우유의 맛이 환상적이었다. 거기에 산뜻한 토마토의 산미까지 더해졌다.

샐러드에 올라간 치즈도 담백해서 맛있었다.

한창 먹을 나이인 우리 셋은 결국 치즈 케이크까지 전부 먹어 치웠지만, 아나 씨에게는 버거운 양인 듯했다. 아나 씨는 케이크를 잘라서 가지고 가기로 했다.

식사가 끝나고 미나는 설거지를 하러 1층으로 내려갔고, 마커스가 그걸 도와 접시를 옮기러 계단을 오르락내리락했다. 테이블의 의자에는 아나 씨와 나만 앉아 식후 홍차를 마셨다. 리프는 식사를 마치고 만족스럽게 내 발치에서 자고 있었다.

"데이지, 오늘은 정말 고맙다. 다들 정말 착하고 좋은 아이들이구나."

눈꼬리를 휘며 아나 씨가 싱긋 웃었다.

"미나가 많이 노력했어요."

나는 살짝 쑥스러워져서 겸손을 떨고 고개를 저으며 미나를 칭찬했다.

"아니, 데이지도 좋은 아이야. 이렇게 착한 마음씨로 연금술을 사용하는 아이라면 내가 못 쓰게 된 것들을 양보해도 되려나."

그렇게 아나 씨의 옛날이야기가 시작됐다.

아나 씨는 우리 나라와 다른 나라 하나를 사이에 둔 서방 국가에서 태어나 연금술사가 되어 사이가 좋았던 대장장이 남자와 결혼했다. 원래는 평화롭게 살았으나 결혼하고 얼마 지나지 않아 정변이 일어나서 조국이 군국주의를 내세우는 국왕이 다스리는 나라가 되었다.

"나는 말이지, 원래 무기나 방어구를 만들기 위해 금속을 합성하거나 광산을 개발하기 위해 폭탄을 만드는 연금술사였단다. 그래서 대장장이였던 남편과 연이 닿아 결혼했지. 하지만 변해 버린 나라는 그런 우리에게 눈독을 들였어."

부부는 모험가와 나라를 지키는 기사를 위해 만들었던 검과 갑옷을 타국을 공격하는 병사를 위해 양산하라고 강요받았다.

그리고 아나 씨가 광산을 개발하려고 만든 폭탄은 타국 사람을 대량으로 죽일 병기로 사용됐다.

"괴로웠어. 그래서…… 동료와 함께 그 나라를 탈출하기로 했지."

그러나 아나 씨의 남편은 "우리가 만든 걸 마무리하고 갈게."라며 그 나라에 남았고 그 뒤로 아나 씨는 아직도 남편과 재회하지 못했다고 한다.

"난 아이가 없거든. 그러니 데이지에게 내가 가진 책이나

연금 가마를 물려줘도 될까? 이젠 허리가 아파서 무거운
금속을 가공 못 하니 말이야."

아나 씨는 조금 쓸쓸해 보이면서도 다정한 얼굴로 내 양
손을 감싸듯이 꼭 쥐고 물었다.

그런 아나 씨에게 나는 무심코 마음속 깊은 곳에 응어리
졌던 과거를 자연스레 토로하기 시작했다.

"저는…… 예전에 국왕 폐하의 부탁으로 자백제를 만든
적이 있어요. 결과적으로 폐하의 가족에게 해를 가하려던
두 사람이 처형됐죠. 저는 간접적이기는 하지만 사람의 목
숨을 빼앗았어요."

그때의 미숙함이 방금 겪었던 일처럼 생생하게 떠올라서
나는 그만 눈물을 글썽거리고 말았다. 아나 씨는 그런 내
고백을 말없이 그저 조용히 들어 주었다.

"저는 그때 여덟 살이었어요. 폐하의 가족을 지키고 싶다
는 정의감에 사로잡혀 약을 만들었죠."

그렇게 중얼거린 나는 고개를 푹 숙이고 가로저었다.

"하지만 제가 만든 약 때문에 사람이 죽었다는 걸 안 저는
그걸 못 받아들이고 더는 남을 해칠 수도 있는 약은 만들지
않겠다고 폐하에게 어리광을 부렸어요. 저는 지나친 힘을
두려워하는 겁쟁이 미숙자예요. 그런 제가 아나 씨의 기술
을 이어받을 자격은 없어요."

나는 그렇게 고백했다.

"데이지……."

아나 씨가 내 이름을 부르며 내 양 볼을 주름진 손으로 감쌌다.

"연금술사는 말이지, 겁쟁이인 편이 좋단다. 그렇지 않으면 자기도 모르게 잘못된 방향으로 나아가거든. 하지만 데이지……."

아나 씨가 말을 끊고 당장에라도 눈물이 쏟아질 듯한 내 고개를 들어 올렸다.

"데이지가 만든 자백제는 폐하와 폐하의 소중한 분들을 지키려고 사용된 거잖니? 현명하고 상냥한 국왕님이 다스리는 이 좋은 나라가 지금의 모습을 잃지 않게 하려고 사용된 거잖니? 그렇다면 데이지는 이 나라의 많은 사람을 구한 게 아닐까?"

그런 말을 들으니 마음속 어딘가에 있는 응어리가 약간은 사라진 듯했다.

만일 그때 내가 자백제를 만들지 않고 범인들이 또 왕자 전하를 습격해서 전하가 돌아가셨다면 나쁜 사람들이 다스리는 나쁜 나라가 되는 결말이 됐을지도 모른다. 아나 씨의 고향처럼…….

나는 마음이 살짝 따뜻해져서 아나 씨를 바라보았다.

"데이지, 힘을 너무 두려워해서는 안 된단다. 힘이나 도구는 좋은 일에 쓸 수도 있고 나쁜 일에 쓸 수도 있어. 데이지 너 자신의 마음으로 정확히 분별해서 자신이 만든 도구를 좋은 일에 쓸 만한 사람에게 맡기는 건 잘못이 아니라고 생각하는데?”

아나 씨가 내 심장이 있는 가슴 위에 살며시 손바닥을 올렸다.

가슴에 닿은 그 손의 따스함에, 마찬가지로 내 가슴 위에 손을 올렸던 아버지를 떠올렸다. 자백제 때문에 사람이 죽었다는 사실을 들은 날, 내가 아버지에게 상담했을 때의 일이다.

아버지가 그때 해 주셨던 말의 뒷부분을 아나 씨가 나에게 해 주는 듯한 기분이 들었다.

“연금술사는 매번 그렇게 고민하고 생각할 정도로 신중한 게 좋아.”

나는 겨우 마음속 깊은 곳에 응어리졌던 것이 사라지고 기분이 상쾌해졌다.

“아나 씨. 저, 아나 씨의 연금술 기술을 이어받을게요. 제 스승이 되어 주세요!”

아나 씨는 내 고민에 무척 진지하게 대답한 다정하고 똑똑한 분이다.

분명 아나 씨는 나에게 연금술사로서의 마음가짐과 기술을 가르쳐 줄 것이다.

나는 그렇게 생각했다.

제3장 내 감정 스킬에 생긴 새로운 옵션!

아나 씨는 "스승이라고 부르지는 말아 주겠니!"라고 조건을 붙이며 웃으면서도 나에게 특기 분야를 가르쳐 주겠다고 했다.

식사 모임 다음 날, 가게를 슬슬 마무리할 저녁때가 되자 마커스가 아나 씨의 호출을 받고 오래된 연금술 책 몇 권과 연금 가마 같은 도구를 짐마차에 싣고 돌아와 아직 공간에 여유가 있는 작업실에 그것을 옮겼다.

그날 밤의 일이었다. 자려고 침대에 누워 이불을 덮으려 했을 때, 내 방이 초록색으로 빛났다.

"오랜만이구나, 데이지."

나와 함께 자려고 이불 속에 들어가 있던 리프가 엉금엉금 기어 나와 허리를 곧게 펴고 앉았다. 그곳에 나타난 게 식물의 정령왕님이었기 때문이다.

"좋은 스승을 만난 모양이구나, 데이지."

정령왕님은 내 볼을 부드럽게 손바닥으로 어루만지셨다. 나는 그 손의 감촉이 기분 좋아서 잠시 눈을 감았다.

"네. 아나스타샤라는 분께 금속 합성을 배우기로 했어요."

내가 천천히 눈을 뜨니 정령왕님이 마치 아버지처럼 다정한 미소를 지으며 나를 내려다보고 계셨다.

"네 인생의 전환점에 내가 축복으로 선물을 선사하마. 데이지, 양손을 내밀어 보려무나."

나는 시키는 대로 양 손바닥을 내밀었다.

정령왕님이 내 손 위에 올린 건 부드러운 빛을 내뿜는 동그란 구슬 세 개였다.

"앞으로 네게 도움이 되게 감정의 힘을 살짝 개량하마."

내 눈꺼풀을 정령왕님의 커다란 손이 덮었다.

"그럼 또 보자꾸나."

정령왕님은 그 말을 남기고 사라졌다.

이게 뭘까.

감정을 사용해 보니…… 어라라라.

[정령왕의 수호석]

분류: 보석-재료

품질: 최고급

세부 사항: 온갖 수호의 힘이 담긴 보석. 이 상태로는 힘이 발휘되지 않는다. 금속에 섞으면 부식 내성이 향상된다. 나눠서 써도 효력은 약해지지 않는다.

속마음: 금속과 섞여서 액세서리가 되고 싶어.

어……? 수호석이 뭐지? 그보다 물건의 속마음이란 건 또 뭐야!

내 감정 스킬에 이상한 옵션이 생겼다.

"아나 씨, 계세요……?"

다음 날, 나는 아나 씨의 가게에 얼굴을 비쳤다.

"어머, 데이지가 먼저 찾아오다니 기쁘구나. 무슨 일이라도 있니?"

아나 씨가 가게 안쪽에서 접객 카운터까지 맞이하러 나오셨다.

무슨 일 있냐니…… 그야 있긴 했죠.

"그게, 귀중한 듯한 물건을 얻었는데요……. 사용 방법을 상담하고 싶어서요."

아나 씨는 고개를 끄덕이고서 "그럼 안쪽으로 갈까?" 하고 나를 가게 안쪽에 있는 휴게실로 안내하셨다.

"이건데요……."

나는 그렇게 말하며 '정령왕의 수호석'을 핸드백에서 꺼내 아나 씨에게 보여 주었다.

"어머나, 처음 보는 보석인데 아주 곱구나. 하지만 강한 기운을 뿜는 보석인걸."

"이 보석은 '정령왕의 수호석'이라고 해서 제법 엄청난 수호의 힘이 담겼다는데, 이 상태로는 힘이 발휘되지 않는

대요. 심지어 금속과 섞여서 액세서리가 되고 싶은 모양이라……."

내가 거기까지 설명했을 때, 아나 씨가 이해가 안 된다는 표정으로 내 말을 가로막았다.

"아니, 잠깐만 데이지. 넌 어떻게 이 보석의 이름과 성질은 물론이고 액세서리가 되고 싶어 한다는 것까지 다 안다는 듯이 말하니?"

……아, 맞다. 내가 감정 스킬을 가지고 있다는 걸 아나 씨에게 설명 안 했네.

아무리 그래도 스승이나 다름없는 사람에게 가르침을 구하려면 내가 가진 능력을 설명할 필요가 있겠지. 나는 감정 스킬 보유자이고 물건의 속마음까지 보인다는 것을 설명했다.

"감정 스킬이라니, 그걸 구사하는 것만으로도 나라 밑에서 일할 수 있는 데다가 보유한 사람은 국내에서도 한 손에 꼽을 정도일 텐데!"

감정 스킬을 가졌다는 사실만으로도 놀라는 아나 씨.

"게다가 '연금술사' 면서 감정을 가졌다니 터무니없는 조합 아니냐! 심지어 속마음인지 뭔지로 재료가 어떻게 가공되고 싶어 하는지도 알다니……. 세상에, 이건 정말 터무니없는 인재야."

아나 씨는 너무 놀란 나머지 물을 마시고 싶다며 물병과 컵을 들고 와서 물을 따라 한 모금 마셨다.

"이거 좋은걸, '그 아이' 와 짝지어 주면 재밌는 물건이 만들어지겠어."

뭔가 중얼거리고 계시는데, '그 아이' 가 누구지?

"아나 씨……?"

나는 조심스레 아나 씨에게 말을 걸어 보았다.

"아, 미안하구나. 별일 아니니 신경 쓰지 않아도 된단다. 그런데 그 보석의 속마음이란 건 볼 때마다 반드시 같은 말이 나오는 거니?"

"아뇨, 거기까지는 아직 잘 모르겠어요."

"그럼 살짝 시험해 볼까?"

흐음, 하고 중얼거린 아나 씨는 "잠시 이쪽으로 오려무나." 하고 작업실까지 나를 안내했다.

아나 씨는 발치에 있는 찬장을 열고 덜그럭거리며 금속 주괴 몇 개를 꺼내서 늘어놓았다.

"왠지 금속에 가까이 대면 그 속마음이란 것의 메시지가 바뀌지 않을까 싶은데. 봐 주겠니? 내 경우에는 상성이 좋은 것끼리 가까이하면 오라가 강해지는 게 느껴져서 그걸로 상성을 알 수 있거든. 하지만 데이지의 감정 스킬이라면 더 자세히 알 수 있을 것 같구나."

……감정 말고도 물건끼리의 상성을 알 수 있는 재능을 가진 사람이 있구나. 대단한걸.

"일단은 금부터."

" '이것도 나쁘진 않지만, 좀 아니라는 느낌이 들어…….' 라고 말하고 있어요."

좀 아니라는 느낌이라니 대체 뭐야……?

"흠. 이건 안 되겠구나. 그럼 다음은 은이다."

" '나를 다정하게 안아 줄 것 같아서 좋아!' 래요……."

……아니, 무슨 사랑에 빠진 소녀야?!

"어머 꽤 상성이 좋은 모양이구나. 그럼 다음은 백금이야."

아나 씨는 차례로 금속을 바꿔서 물건의 '속마음'을 나에게 대변시켰다.

'도도한 건 내 취향이 아니야.'

……취향이고 아니고의 문제야?

"어머, 자기 취향이 아닌가 보구나."

아나 씨는 뭔가 해탈한 듯이 '속마음'을 받아들인 듯했다. 사고방식이 유연한걸.

"그럼 다음은 장식품용 금속은 아니지만…… 철."

'말도 안 돼!'

"미스릴."

'그러니까 나는 액세서리가 되고 싶다고!'

"아다만타이트."

'아니라니까!'

"오리할콘."

'……나를 뭘로 만들 셈이야?(눈물)'

보석을 울리고 말았어…….

"흠, 수호계열 돌이니 파마(破魔)와 수호의 힘이 담긴 은과 상성이 좋은가 보구나."

대강 확인하고 나서 이 보석과 은을 조합하기로 결정했다.

"그럼, 은과 이 보석으로 금속 조합을 해 보자꾸나. 연금 가마가 있으니 데이지의 공방으로 갈까."

아나 씨는 그렇게 말하며 입구 문에 '아틀리에 데이지에 있습니다. 용무가 있으신 분은 그쪽으로 찾아오세요.'라고 쓰인 안내판을 내걸고 은 주괴를 나에게 맡긴 뒤에 문을 닫고 이동했다.

……이렇게 안내판도 만들다니 준비성이 좋으시네.

나와 용건이 있을 때를 위해 플레이트를 마련하다니, 왠지 제자로서 인정받은 듯해서 괜스레 기쁘고 마음이 따스해졌다.

둘이서 도로 반대편에 있는 내 아틀리에로 돌아왔다.

점심시간이어서 빵 공방은 빵을 고르는 손님으로 북적였다. 햇볕이 살짝 강한 날이라 가게 안에서 아이스티와 함께 빵을 먹는 손님도 있었다.

""데이지 님, 아나 씨, 다녀오셨어요.""

빵 공방에서 일하던 미나와 마커스가 말을 걸었다.

"오, 데이지! 오랜만이야!"

손님들 중에 왕도가 베히모스에게 습격받았을 때 분전했던 2인조 모험가, 레티아와 마르크가 있었다.

마르크가 붙임성 좋게 손을 들어서 인사했다. 레티아는 여전히 너스레를 떨 생각은 없는지 약간 부루퉁한 표정이었다. 심지어 우리가 재회했다는 사실보다 빵을 고르는 데에 더 정신이 팔린 듯했다.

"오랜만이에요, 레티아 씨, 마르크 씨."

내가 인사를 하자 아나 씨도 대화에 참가했다.

"레티아에 마르크까지 왔구나. 일은 잘되고 있니?"

어라? 두 사람, 아나 씨와도 아는 사이였구나. 왕도는 넓은 것 같으면서도 좁네.

"으음……. 받고 싶은 의뢰가 있는데 살짝 성가신 상태 이상 공격을 가진 놈을 토벌하라는 의뢰라서 말이야. 선뜻 손댈 수가 없네."

마르크가 머리를 긁적이며 대답했다.

"그럼 조금만 기다리면 이 데이지와 대장장이인 '그 아이'가 좋은 걸 만들지도 몰라."

아나 씨가 그렇게 말하며 마르크에게 장난기 어린 윙크를 했다.

응……? 또 '그 아이' 얘기야?

"와, 진짜? 그럼 한동안 여기를 거점으로 삼을까. 아, 아나 씨, 우리가 묵는 여관은 여기야. 뭔가 좋은 소식이 있으면 연락해. 지금은 주머니 사정이 여유로우니까 좋은 걸 완성하면 제일 먼저 말해 줘!"

마르크가 아나 씨에게 여관 이름인 듯한 것이 적힌 종이를 건네더니 레티아의 쇼핑이 끝난 모양인지 두 사람은 혼잡한 거리 속으로 사라졌다.

"데이지, 오래 기다렸지. 그럼 조합을 해 보자꾸나."

나는 대답하며 연금 공방 입구의 문을 열었다. 그리고 그대로 아나 씨와 둘이서 연금 가마가 놓인 작업실까지 걸어갔다.

"데이지는 연금 가마를 다룬 적 있니?"

아나 씨의 질문에 나는 고개를 저었다.

"일단 기본적인 합금 제작법은 말이지, 섞을 재료를 연금 가마 안에 넣고 저기에 있는 휘저을 때 쓰는 막대에 마력을 힘껏 쏟아붓는 거란다. 그러면 금속이 녹을 정도로 엄청나게 뜨거워지거든. 그 다음에 막대로 휘저으면서 서로 다른 물질이 균등하게 섞여서 강하게 결합되기를 바라는 거야."

그리고 "이것도……." 하고 아나 씨가 방에 아무렇게나 놓여 있던 두꺼운 옷감으로 만든 앞치마와 두꺼운 장갑을 건넸다. 나는 그걸 착용하고 막대를 꼭 쥐고서 연금 가마 앞에 섰다.

"그럼 '정령왕의 수호석'과 은을 가마 안에 넣거라."

지시대로 그 두 가지를 연금 가마 안에 조심스레 넣었다.

한번 해 보라고 말하듯 아나 씨가 등을 부드럽게 두드렸다.

마력을 넣어서 아주 뜨겁게……!

그렇게 마음속으로 외며 잠시 막대를 움켜쥐니 가마 안이

뜨거워지면서 은이 녹기 시작했고, 작업실 안의 공기도 서서히 뜨거워졌다. 덥고 긴장돼서 내 이마가 점차 땀으로 흥건해졌다.

하나가 돼라, 하나가 돼라…….

막대를 휘저어 보았지만 감정으로 확인하니 결합도가 부족한 듯했다.

[가디니움]
분류: 합금−재료
품질: 저품질
세부 사항: 온갖 수호의 힘이 담긴 합금. 수호의 힘은 재료의 양과는 상관이 없다. 그러나 결합도가 낮아서 수호의 힘이 완전히 발휘되지 못할 듯하다.
속마음: 서로를 더 꼭 껴안고 싶어!

나, 연애 중매라도 하는 건가……?

웅? '꼭 껴안는다'고? 그런 모습을 상상하면 잘되려나?
꼭 껴안는다……?
아쉽지만 나는 어린아이라서 남자를 껴안은 경험이 없기 때문에 아버지가 꼭 껴안아 주시는 모습을 떠올리며 천천히 막대를 돌렸다.

그러자 연금 가마 바닥에서 강렬한 빛이 흘러나오기 시작했다.

"좋아, 단번에 감각을 이해하다니 아주 훌륭하구나!"

아나 씨가 칭찬하듯이 내 등을 가볍게 두드렸다. 완성됐나 봐!

다음은 주괴용 틀을 밑에 내려놓고 연금 가마 밑에 있는 마개를 열었다. 그러자 은보다 한층 더 밝은 빛으로 반짝반짝 빛나는 액체 형태의 금속이 틀 안으로 흘러들어 왔다.

"이제 이걸 천천히 식히기만 하면 되겠구나!"

아나 씨도 오랜 경험으로 완성된 합금의 질을 알아차렸는지 만족스럽게 고개를 끄덕였다.

[가디니움]

분류: 합금-재료

품질: 최고급

세부 사항: 온갖 수호의 힘이 담긴 합금. 합금하여 부식 내성이 생겼다. 수호의 힘은 합금의 양과는 상관이 없다.

속마음: 이제 영원히 떨어지지 않을 거야♡

……그런데 합금 만들기가 원래 만남 주선 같은 건가?

처음으로 합금 만들기에 성공한 나는 기뻤지만 감정으로

소녀의 마음인지 연심인지 알 수 없는 수수께끼의 표현을 본 내 심정은 복잡했다.

그리고 며칠이 지났다.

"그럼 이걸 들고 대장장이에게 가 보자꾸나."

처음으로 만든 '가디니움'은 열이 완전히 식어서 차가웠다.

이때를 노렸다는 듯이 아나 씨가 내 아틀리에로 찾아왔다.

"으음, 대장장이라는 게 혹시 전부터 아나 씨가 말씀하셨던 '그 아이'인가요?"

나는 왠지 그런 예감이 들어 아나 씨에게 물어보았다.

"그래, 맞아! 아는 드워프 대장장이의 손녀인데 어린데도 솜씨가 무척 좋단다!"

뭐랄까, 아나 씨는 어린아이처럼 두근거리는 마음이 전해질 정도로 들떠 있었다.

"미나, 마커스! 데이지를 잠시 데려 가마!"

가는 건 이미 확정이구나……. 뭐, 상관없지만.

""네! 다녀오세요!""

두 사람의 배웅을 받으며 우리는 '가디니움'을 들고 대장장이 지구까지 발걸음을 옮겼다. 물론 리프도 같이 갔다.

처음 발을 들인 대장장이 지구는 온통 활기가 흘러넘치는 곳이었다.

사방에서 깡깡 울리는 금속을 단련하는 소리. 남자들의 구호에 대장장이들의 쾌활한 노랫소리도 들려왔다.

대강 훑어보니 인간과 드워프가 반반씩 섞인 느낌이었다.

참고로 드워프란 일반적으로 키가 작고 근육이 많으며 대장장이 일과 전투가 특기인 종족이다. 직업상 대장장이의 신이나 불의 신, 대지의 신을 믿는 경우가 많다고 한다. 그리고 이 세상에 탄생한 명품, 전설적인 보검, 고귀한 장식품 등은 대다수가 그자들의 손에서 탄생했다.

아나 씨는 그런 대장장이 지구의 끄트머리에 있는 한 대장간 공방 입구에서 발을 멈췄다.

"드래그나 린 있니?"

아나 씨가 문 너머로 말을 걸며 문을 두드렸다. 그러자 안쪽에서 문이 열리며 안에서 나와 비슷한 키의 소녀가 모습을 드러냈다.

포니테일로 묶은 머리는 새빨갰고 눈동자 역시 머리와 같은 가넷 색이었다. 여자아이라서 그런지 드워프 특유의 우락부락함은 별로 안 느껴졌다.

그리고 왜인지 키는 나와 비슷한데 가슴이 컸다. 나는 아직 저렇게 봉긋하지 않은데?

"아, 아나 할머니구나. 할아버지는 외출 중이야. 뭐 볼일이라도 있어?"

"별 건 아니고 좋은 소재가 생겼거든. 이 아이는 데이지라는 연금술사인데 솜씨가 제법 좋아. 그래서 물건도 보여 줄 겸 너희 둘을 만나게 하고 싶었단다."

아나 씨가 그렇게 말하며 내 등을 밀어 그 소녀와 마주 보게 했다.

"연금술사 데이지라고 합니다. 최근에 아나 씨에게 합금 만드는 법을 배우고 있어요."

나는 초면이니 고개를 숙이고 정중히 인사했다.

"나는 린. 드워프고 대장장이야. 키는 거의 비슷해 보이지만 이건 종족 특성 때문이야. 이래 봬도 벌써 열여덟 살이 된 성인이라고! 아, 그렇지. 나는 액세서리 같이 섬세한 것이든 검과 갑옷이든 간에 뭐든 만들 수 있어. 뭔가 만들고 싶을 때는 나한테 부탁해!"

린은 쾌활하게 자기소개를 하며 손을 내밀어 악수를 청했다. 내가 손을 내밀자 린은 내 손을 힘 있게 붙잡고 붕붕 흔들었다. 응, 기운차고 명랑한 언니 같아.

"조금 특수한 소재라서 안에 들어가서 얘기하마."

아나 씨는 익숙한 모습으로 재빠르게 공방 안으로 들어갔다. 나도 아나 씨를 쫓듯이 안으로 들어갔다.

……그런데 다들 공방 안으로 들어가 문을 닫았을 때, 린의 몸이 황금색으로, 내 몸이 초록색으로 빛나기 시작했다.

"이게 대체 무슨 일이야?"

우리 사이에 낀 셈이 된 아나 씨가 놀라 우리를 번갈아 보았다.

내 등 뒤에는 평소처럼 다정한 표정에 머리가 긴 남자 모습의 정령왕님이 있었다. 그리고 린의 등 뒤에는 황금색으로 빛나는 근육질에 머리가 짧고 체격이 좋은 남자가 모습

을 드러냈다.

"여, 식물. 넌 여전히 그 아이를 따라다니나."

황금색으로 빛나는 사람이 식물의 정령왕님에게 말을 걸었다.

"흙의 정령왕…… 너도 여전히 그 드워프 소녀에게서 눈을 떼지 못하나?"

놀랍게도 린에게는 흙의 정령왕님이 붙어 있었다……. 잠깐, 그러면 린도 정령왕님이 총애하는 아이인가?

"저기 데이지. 너도 정령왕님이 총애하는 아이야?"

'너도'라는 말은 린 역시 그렇다는 뜻이겠지. 정령왕님의 총애를 받는 아이끼리 솔직하게 털어놓기로 했다.

"응…… 식물의 정령왕님의 가호를 받고 있어."

애초에 정령왕님이 나오셨으니 숨길 수도 없지만. 그보다 아나 씨가 힘이 빠져서 바닥에 주저앉아 계시잖아! 그렇다는 건 아나 씨한테도 들켰다는 소린가!

그러나 내가 그런 걱정을 하거나 말거나 고귀한 분들은 멋대로 설전을 시작했다.

"드워프 소녀라고 하지 마라. 린이라는 사랑스러운 이름이 있단 말이다! 게다가 평범한 드워프가 아니야! 지금은 멸망한 드워프 왕국 왕족의 핏줄이라고!"

흙의 정령왕님이 주먹을 쥐며 호칭 정정을 요구했다. 흙의 정령왕님이 하신 말에 따르면 린이 망국의 왕녀님일 수도 있다는 뜻인가?

"내가 총애하는 아이도 데이지라는 가련한 꽃의 이름을 가진 우수하고 전통 있는 귀족 가문의 딸이다. 현명하고 연구열이 높으며 내 권속을 어여삐 여기는 다정함도 겸비했지."

식물의 정령왕님도 응전하며 어째선지 내 자랑을 시작했다.

"린도 우리 권속에게 다정하다고! 그리고 말이지, 금속을 단련할 때 진지한 눈동자와 그 옆얼굴은 성스러울 정도야!"

"우리 데이지도 번민 끝에 조합을 통해 물건을 완성시킨 순간에 짓는 미소가…… 아주 귀엽다!"

그리고 리프도 아마 린의 수호수인 듯한 밝은 갈색 털의 새끼 사자와 "으르릉!" "크왕!" 하고 울면서 서로를 노려보았다.

어…… 음. 뭐지, 이 소동은.

고귀한 분들의 설전이 끝없이 계속되다가 점차 저급한 '우리 애가 더 귀여워' 대전이 되었다.

보호자 간에 기 싸움도 이쯤 되면 부끄럽다.

"잠시만요! 흙의 정령왕님, 그런 모습까지 보고 계셨던 거예요?!"

마치 스승인 할아버지에게 혼나서 우는 모습을 보인 것처럼 살짝 부끄러운 장면을 폭로당해 얼굴이 새빨개진 채 당황하는 린.

"식물의 정령왕님, 그때 계셨어요?!"

나도 어머니에게 혼나거나 실험 중에 이상한 표정을 짓는 모습을 다 들켰다는 사실을 알고 항의했다.

""거기까지 들여다보는 건 금지예요!""

'우리 애가 더 귀여워' 대전은 정령왕이 총애하는 아이들의 불만이 터져 나오기 시작할 때가 돼서야 끝났다.

"음, 크흠. 그래서 린과 뭔가를 만들면 재밌는 게 탄생할 거다. 그러니 우리 린을 잘 부탁한다!"

그 말을 남기고 흙의 정령왕님이 사라졌다.

"뭐, 그렇게 됐으니 저의 데이지와 협력하면 좋은 걸 만들 수 있을 겁니다. 린, 데이지와 사이좋게 지냈으면 좋겠군요."

그 말을 남기고 마찬가지로 식물의 정령왕님도 사라졌다.

고귀한 분들이 실컷 날뛰고 간 뒤에 덩그러니 남겨진 세 사람이 있었다…….

""아, 들여다보기 금지라는 약속을 안 받았어!""

뒤늦게 깨달은 정령왕이 총애하는 아이들은 얼굴을 마주 보며 아차 하는 표정을 지었다.

두 정령왕님이 떠나고 우리는 잠시 멍하니 있었다.

심지어 아나 씨는 아직도 주저앉아 있었다.

"정령왕님을 뵙다니…… 그것도 두 분이나…….."

아나 씨는 양손을 마주 잡았다.

"그건 그렇고 둘이 비슷하다 싶었는데 둘 다 정령왕님의 총애를 받고 있었다니. 그러니 둘이 비슷한 분위기를 풍길

만도 하지. 둘이 손을 잡으면 재밌는 일이 벌어지겠어!”

아나 씨는 수상쩍은 미소를 짓더니 웃차 하고 일어섰다.

“음…… 왠지 두 정령왕님에게 휘둘렸네. 그건 그렇고 나한테 뭔가 보여 주고 싶은 게 있어서 온 거지?”

린은 아까 소동이 끝나고 정신을 차렸는지 본론으로 돌아왔다.

“그래. 좋은 합금이 완성됐거든! 자, 데이지 보여 주렴.”

아나 씨의 재촉에 나는 핸드백 안에서 주괴를 꺼냈다.

아 참, 내 마음에 든 이 핸드백 말인데 아틀리에를 짓는 기간에 맞춰 거금을 들여서 용량이 증가하는 공간 마법과 시간이 정지되는 마법을 부여해서 주괴는 가볍게 들어간다. 게다가 아무리 넣어도 내용물의 무게가 느껴지지 않는 엄청난 물건이다.

‘가디니움’의 주괴를 나에게서 받아든 린의 눈이 휘둥그레졌다.

“잠깐만. 할머니, 데이지. 이거 엄청난 거지? 안에 담긴 수호의 힘이 범상치 않은데……. 이거 잘하면 국보급 물건이 완성되겠는걸?”

으음…… 아까 식물의 정령왕님이 오셔서 모습을 비치셨으니 말해도 되겠지.

“식물의 정령왕님께 받은 ‘정령왕의 수호석’과 은을 섞은 거야. 아마 몸에서 떨어지지 않게 착용하고 다닐 수 있는 액세서리로 만들면 좋지 않을까 싶어.”

그리고 덤으로 감정으로 확인한 '나눠 써도 효력은 약해지지 않는다' 는 점도 덧붙였다.

"그렇구나. 그러면 펜던트, 반지, 팔찌…… 아니, 반지가 좋겠어. 자주 안 쓰는 쪽 손에 끼면 방해가 안 되겠지. 꽤 많이 만들 수 있을 것 같은데 데이지는 몇 개가 필요해?"

아, 그러고 보니 생각 안 해 봤네.

"마르크랑 레티아한테 주기로 약속했고, 가족한테도 필요하고…… 왕가분들께도 헌상하는 편이 좋겠지."

나는 생각나는 순서대로 대상을 읊었다.

"나는 망명자인 우리 할아버지랑 아나 할머니한테 주고 싶은걸. 그리고 나도 갖고 싶어. 나라가 보호해 주기는 하지만 방비를 강화해서 나쁠 건 없지. 만에 하나라도 슈바르츠리터 제국이 손대면 곤란하니까."

'슈바르츠리터' 는 아나 씨가 탈출한, 우리 나라와 다른 나라 하나를 사이에 둔 군사 국가였지. 그렇다면 필요하겠네.

"그러면 전부 열 네개네. 맞다, 큰 힘을 지닌 장비가 너무 많으면 나중에 나쁜 사람의 손에 넘어가서 악용되지는 않을까?"

내가 '대단한 장비' 를 만드는 데에 드는 망설임을 털어놓았다.

그러자.

"후후훗."

린이 자신만만하게 씨익 입꼬리를 끌어올리며 웃었다.

"바로 그 점이 린의 '특별'함이 드러나는 부분이지."

마찬가지로 아나 씨도 씨익 웃었다.

"음, 이거면 되겠지. 이건 아무것도 안 부여한 팔찌야."

린이 공방 안의 작업 테이블 위에 아무렇게나 놓인 팔찌를 들고 왔다.

응? 부여라고……?

그러더니 팔찌 안쪽을 손가락으로 덧그리며 뭔가를 중얼중얼 외웠다.

"이 글자가 보여?"

"뭔가 글자 같은 게 새겨졌네. 하지만 본 적 없는 글자야."

그렇다. 린이 손가락으로 덧그린 팔찌 안쪽에는 수수께끼의 글자(?)가 새겨져 있었다.

"이건 말이지, 드워프 왕국의 고대 문자로 쓴 문구를 당시의 고대 마법으로 부여한 거야. 참고로 의미는 '나쁜 마음을 지닌 자에게는 효력이 발휘되지 않는다' 야."

린이 자랑스럽게 설명을 계속했다.

"게다가 이 고대 부여 마법을 이해하한 건 나뿐이라고. 그래서 해제도 나 말고는 불가능하다는 말씀. 해제하려면 나처럼 이 고대 문자와 고대 마법을 이해해야 하거든."

린이 그렇게 말하며 윙크했다.

"린, 정말 대단한 힘이 있구나!"

나도 모르게 양 주먹을 쥐었다.

린의 엄청난 능력에 감동한 나는 린을 칭찬하는 듯한 눈빛으로 바라보았다. 그러자 린이 "쑥스러우니까 그만둬." 하고 웃으며 내 머리를 톡톡 두드렸다.

"그럼 이 주괴로 반지를 만들게. 완성되면 할머니네로 들고 갈 테니까 기다려."

의논을 끝내고 나와 아나 씨는 집으로 돌아갔다.

그리고 한 달 정도 지난 어느 날, 내 아틀리에의 문이 손님이 왔음을 알리는 도어벨 소리와 함께 열리며 아나 씨와 린이 들어왔다.

"데이지, 오랜만이야. 세공에 힘쓰느라 오래 걸렸네. 미안해. 예전에 말한 반지 완성했어."

슬슬 초봄의 날씨라서 그런지 밖에서 들어온 린의 이마에 땀이 배어 있었다.

"어서 와요, 린이랑 아나 씨! 중요한 물건이니까 2층 거실에서 이야기해요. 안으로 들어오세요!"

나는 두 사람에게 위층으로 올라가는 계단을 가리켰다.

우선 나는 주방에 들러서 오늘 빵 공방에서 제공하는 차가운 체리 음료 세 잔을 쟁반에 올리고 뒤늦게 계단을 올라갔다.

"앉아요, 앉아요! 바깥도 슬슬 더워지고 있죠? 괜찮으시면 이거 드실래요?"

나는 그렇게 말하며 유리잔 세 개를 테이블 위에 올려놓았다. 린과 아나 씨, 나는 의자에 앉아 각자 유리잔을 손에 들었다.

"아, 살 것 같다!"

린은 역시 더웠던 모양인지 단숨에 절반을 들이켰다.

"본론으로 들어갈게."

한숨 돌린 린이 가방에서 완성된 반지를 꺼냈다. 예전에 말한 대로 전부 열네 개. 표면에 덩굴 같은 식물 모양을 한 바퀴 새긴 고급스럽고 아름다운 디자인이었다.

"사이즈는 끼고자 하는 손가락에 자동으로 맞춰지게 되어 있어."

린이 보충 설명했다.

[수호의 반지]

분류: 장식품

품질: 최고급

세부 사항: 온갖 상태 이상을 방어한다. 시간이 경과할수록 장비한 자의 체력을 서서히 회복한다. 특수한 부여술로 인해 악의가 있는 인간이 장비하면 효과가 발휘되지 않는다.

속마음: 좋은 사람이 착용했으면 좋겠어!

……이거 또 엄청난 게 완성됐는걸.

이 사람들이라면 감정 스킬에 관해 알아도 괜찮을 것 같아서 감정 결과를 둘에게 알려 주었다.

"그것참 또 엄청난 게 완성됐구나! 이건 마르크와 레티아도 무조건 갖고 싶어 할 테지. 두 사람에게 연락해야겠어!"

아나 씨는 반지의 완성도에 무척 만족하신 듯했다.

"저기 아나 씨, 그 둘에게만 팔면 다른 모험가가 치사하다고 하지 않을까요?"

나는 아나 씨에게 신경 쓰였던 것을 질문했다.

"아, 데이지는 그 둘을 잘 모르는구나. 두 사람은 말이지, 이 나라의 수호자 같은 존재야."

린이 대신 설명했다.

모험가는 S랭크에서 F랭크까지 실력에 따라 구분한다. 물론 S랭크가 제일 위다.

S랭크 모험가는 이 세상에 세 명밖에 없고 다양한 나라의 요인이나 모험가 길드 본부가 주는 특수한 지명 의뢰를 받아 난이도가 높은 퀘스트를 수행하기 때문에 한곳에 머무르지 않는다. 일반인은 평생 동안 볼 일이 없는 대단한 존재다.

레티아와 마르크는 그다음인 A랭크 모험가로 이 나라의 국왕과 영주, 국내 모험가 길드에서 지명 의뢰를 받아 그 지역에서는 퇴치할 수 없는 마수 등을 처리하기 때문에 이 나라의 수호자 같은 입장이라고 한다. 물론 개인적인 자유 행동을 할 때도 있지만.

으음. 두 사람이 나라의 수호자라고? 그럼 우리 아버지는 두 사람보다 약할까 하는 궁금증이 생겼다. 존경하는 아버지니까 딸인 내가 그렇게 궁금해 하는 건 당연하잖아?

"으음. 그럼 그 두 사람은 이 나라의 기사단이나 마도사단 보다 강해?"

그래서 나는 입술을 살짝 삐죽이며 린에게 물어보았다.

"어느 쪽이 더 강하다기보다는 적재적소의 문제 아닐까. 상대에 따라서 각자의 상성이 다르니까. 기사단이나 마도사단의 상위 사람은 A랭크 실력의 소유자라고 들었어."

린의 그 설명에 나는 가슴을 쓸어내렸다.

"그런데 대금 문제는 어떡하지. 애초에 정령왕님에게 받은 보석이랑 아나 씨가 가지고 있던 은 주괴를 사용했으니 거의 공짜로 만든 거나 마찬가지잖아."

나는 팔짱을 끼고 고개를 갸웃거렸다.

"왕가분들에게는 헌상하는 거니까 논외로 치고, 우리 몫과 그 동료들 몫은 둘이서 만들었으니까 딱히 대금은 필요 없지 않아? 아니, 아니지……. 희귀한 소재를 받아서 만들었으니 우리 것까지 내라고 하면 안 되는데."

린이 당황하며 한 말에 나는 괜찮다며 고개를 저었다.

"아나 씨는 내 스승이고 린은 앞으로 내 파트너가 될 사람인걸. 그리고 네 할아버지라면 내 소중한 사람이나 다름없으니 괜찮아! 게다가 린이 예전에 살던 나라에 유괴되기라도 하면 또 전쟁 같은 안 좋은 일에 힘을 이용당할 테고…… 그러면 큰일이잖아."

애초에 나는 린의 특수한 부여술이 있어서 이 주괴로 액세서리를 만들기로 결심했었다.

"남은 건 마르크랑 레티아 몫이지."

뭔가 두 사람한테만 대금을 청구하기는 조금 그런데. 심지어 입장은 달라도 아버지처럼 이 나라를 지키는 수호자 잖아. 나는 그런 생각에 대금을 요구하기가 망설여졌다.

그때, 린이 의견을 냈다.

"그 점 말인데. 우리는 소재를 채집하러 가야 할 때가 있잖아? 그럴 때를 위해 무료 호위 의뢰를 무기한으로 요청한다! 이런 건 어때? 그 두 사람을 지명하는 요금이 상당히 비싸거든! 호위를 의뢰하는 대신에 반지 대금은 안 받는 거지."

"린! 머리 좋다!"

나는 린의 손을 꽉 잡았다.

"그럼 어서 착용해 보자!"

나와 린, 아나 씨가 아무 생각 없이 왼손 중지에 나란히 반지를 끼려 할 때였다.

등 뒤에서 초록색과 황금색 빛이 성스럽게 빛났다!(데자뷰)

"데이지, 내가 준 보석으로 만든 반지 아니냐? 그렇다면 왼손 약지에 끼는 게 더 좋지 않겠느냐?"

"그래, 린! 우리 정령왕의 수호의 반지라고. 우리의 총애를 받는 아이라면 당연히 왼손 약지에 끼워야 하는 거 아냐?"

등 뒤에서 한 달 전에 실컷 소란을 피웠던 고귀한 분들의 목소리가 들려왔다.

……왼손 약지는 아버지와 어머니가 같이 반지를 끼고 있

는 손가락 아닌가? 왜 내가 그 손가락에 반지를 껴야 하는 거지?

"정~령~왕~님들~!"

린이 벌떡 일어나 두 정령왕에게 맞섰다.

"그러면 약혼반지나 결혼반지를 낀 것 같잖아요!"

린은 분노로 얼굴이 새빨개졌다. 정령왕님에게도 세게 나가다니 대단한걸.

"데이지…… 나를 위해 왼손 약지에 낄 수 없겠느냐?"

"무슨 말씀이신지 잘 모르겠어요……."

아무래도 린의 말대로라면 약지는 중요한 손가락인 모양이다. 그래서 나는 어린아이답게 잘 모르겠다는 식으로 싱긋 웃으며 고개를 갸웃거렸다.

"린……."

"기각……."

린이 즉답했다.

그러자 두 정령왕님은 어째선지 얼굴을 마주 보더니 웃으며 어깨를 움츠렸다. 마치 장난이 실패해서 들통났을 때 짓는 표정 같았다.

"나 참. 약지에 끼게 해서 이상한 남자가 들러붙는 걸 방지하려는 보호자의 마음을 몰라주다니 무정한 아이들이로구나. 뭐, 우리도 장난이 조금 지나쳤나?"

"내 말이 그 말이야."

흙의 정령왕님이 소리 높여 쾌활하게 웃었다.

'우리 애가 제일 귀여워' 대전이 끝났나 했더니 이번에는 사이좋게 공동 작전이야……?

이러니저러니 해도 두 분은 사이가 좋은 모양이다.

식물의 정령왕님과 흙의 정령왕님은 어쩔 수 없다는 표정으로 마주 보고 고개를 끄덕였다.

그리고 우리 손에서 반지를 집어 들고서 우리 왼손 중지에 직접 반지를 끼워 주셨다.

그 옆에서 아나 씨는 우리를 흐뭇하게 바라보며 스스로 중지에 반지를 꼈다.

"그래도 모처럼 반지가 완성됐으니 우리의 가호를 불어넣게 해 다오."

"아, 그게 좋겠네!"

두 분은 그렇게 선언하더니 나와 린이 중지에 낀 반지를 각자의 손끝으로 어루만지며 어떤 주문을 외웠다. 그러자 내 반지에는 초록색 돌이, 린의 반지에는 황금색 돌이 생겼다.

그리고 두 분은 만족스러운 듯이 사라졌다.

[식물의 정령왕의 수호의 반지]

분류: 장식품(데이지 전용)

품질: 초특급

세부 사항: 온갖 상태 이상을 방어한다. 시간이 지날수록 장비한 자의 체력을 서서히 회복시킨다. 특수한 부여술로 인해 악의가 있는 인간이 장비하면 효과가 발휘되지 않는다. 공격을 받았을 때 보석의 힘에 따라 자동으로 물리 장벽과 마법 장벽을 전개한다.

속마음?: 나의 사랑스러운 딸에게 손을 대려면 먼저 보호자(식물의 정령왕)에게 인사하러 와라!

[흙의 정령왕의 수호의 반지]
분류: 장식품(린 전용)
품질: 초특급
세부 사항: 온갖 상태 이상을 방어한다. 시간이 경과할수록 장비한 자의 체력을 서서히 회복한다. 특수한 부여술로 인해 악의가 있는 인간이 장비하면 효과가 발휘되지 않는다. 공격을 받았을 때 보석의 힘에 따라 자동으로 물리 장벽과 마법 장벽을 전개한다.

속마음?: 나의 사랑스러운 딸에게 손을 대려면 먼저 보호자(흙의 정령왕)에게 인사하러 와라!

……터무니없는 가호가 붙고 말았어.

게다가 정령왕님, 물건의 속마음이 쓰인 메시지란을 조작하신 거 아니에요?

'속마음?'이라고 물음표가 붙었는데요.

이 메시지까지 린에게 알리는 편이 좋을까.

잠시 고민했지만 적령기(18세)인 린에게 이 메시지는 너무 부담될 것 같았다. 부모님만으로도 힘든데 그 부모님이란 게 정령왕님이라니! 연애든 결혼이든 벽이 너무 높잖아!

그래서 린에게는 한동안 비밀로 하기로 했다.

……아, 그렇지! 멍하니 있을 때가 아니야.

아직 반지를 건네줘야 할 사람이 산더미인걸.

가족에게 연락해서 모이라고 해야겠어! 그리고 폐하께도 알현 신청을 해 둬야지!

◆

마커스에게 친가와 왕가분들 앞으로 쓴 편지를 전달하라고 심부름을 시켰다.

가족은 다음 안식일에 레무스 오라버니가 귀성하니 그때 모이자는 이야기가 나왔다.

안식일 당일.

마커스는 부모님 집에 얼굴을 비치겠다고 했고, 미나는 나와 함께 프레스라리아 가문 저택에 가고 싶다고 해서 같이 귀성했다.

자택으로 돌아가니 레무스 오라버니가 나를 이제나저제나 하고 현관에서 기다리고 있었다. "아직인가, 아직인가."라면서 현관 앞을 어슬렁대길래 깜짝 놀랐다.

어라……? 오랜만이라니 호들갑 아닌가?

그런 말을 할 새도 없이 나는 현관으로 들어가자마자 달려온 오라버니에게 있는 힘껏 끌어안겼다.

"들어 봐 데이지! 네 덕분에 엄청난 일이 벌어졌어!"

의외로 온화한 성격의 오라버니치고 무척 흥분한 상태였다. 무슨 일이지?

"저기, 오라버니. 왜 그렇게 흥분했어?"

나도 오라버니를 안아 주고 그 얼굴을 올려다보았다. 뭐랄까, 키가 조금 큰 것 같은데…….

"마력량 말이야! 데이지가 알아낸 마력을 다 쓰고 잠드는 훈련을 꾸준히 했거든. 그 덕분에 학원 입학시험 때 능력 검사에서 전무후무한 마력량 최고치를 갱신했어! 그래서 선생님들이 모두 장래에 현자가 되겠다면서 난리가 났다고!"

오라버니는 또 "고마워!"라고 외치며 나를 꽉 껴안았다.

후후……. 어지간히 기쁜 나머지 말하지 않고는 못 배겼던 모양이다.

"도움이 돼서 기뻐, 오라버니! 많이 공부하고 훌륭한 마도사가 돼서 아버지의 힘이 되어 줘!"

"물론이지!"

그제서야 오라버니는 나를 끌어안은 팔에서 힘을 풀고 씨익 웃으며 한 손을 내밀었다.

나는 오라버니와 사이좋게 손을 맞잡고 나란히 거실로 갔다. 미나는 주방이 쪽으로 걸어갔다.

거실에 도착하니 이미 모든 가족이 모여 있었다.

"어머, 떠들썩하다 했더니 역시 레무스에게 붙잡혔었구나."

어머니가 손을 맞잡고 온 우리를 보고 흐뭇하게 미소 지었다.

"나도 내년에 입학해! 오라버니의 결과를 들으니 벌써 입학시험 결과가 기대되기 시작했어!"

마음이 너무 급한 언니. 그런데 단순 계산으로 따지면 언니 쪽이 1년 더 늦게 입학하니까, 오라버니의 기록을 깨지 않으려나……

"데이지의 세례식 때는 정말 어쩌나 싶었지만 결과적으로 어린 나이에 폐하께서 신임하시는 연금술사로 두각을 나타냈고, 레무스와 달리아도 마도사로서의 장래가 몹시 기대되는구나. 우리 가문 아이들은 마치 신께 축복이라도 받는 것 같아."

"당신도 참. 우리가 훌륭한 아이들을 둔 복 받은 부모기는 하지만 자식 자랑이 너무 지나쳐요."

아버지는 오랜만에 모인 아이들이 성장한 모습에 미소 지었다. 그리고 어머니는 그런 아버지를 흐뭇하게 바라보았다.

"맞다. 오늘 모이라고 했던 이유는 모두에게 줄 선물이 있어서예요!"

나는 모든 사람에게 돌아가며 '수호의 반지'를 건넸다.

"여기서 상당한 힘이 느껴지는데……. 마도구인가?"

언니가 제일 먼저 그 힘을 느낀 듯했다. 마도사의 감이 제일 날카로운 사람은 사실 언니가 아닐까.

"맞아. 이건 '수호의 반지'라고 해서 온갖 상태 이상을 막고 장비한 사람의 체력을 서서히 회복시키는 마법의 반지예요. 아버지, 오라버니, 언니는 앞으로 이 나라를 위해 마수를 퇴치하러 전장으로 떠날 거잖아요. 그리고 어머니도 제게 소중한 사람이니까 착용하셨으면 좋겠어요."

"잠깐만 데이지. 아무렇지도 않게 설명하는데, 네 설명대로라면 이건 국보급 보물 아니니? 그러니까…… 데이지가 만든…… 거야?"

아버지는 이야기를 듣고 식은땀을 흘리며 반지를 든 손을 떨었다. 그럴 만도 하다. 결국 우리는 가격을 매기지 못했지만 만약 붙인다면 엄청난 금액이었으리라.

"어떤 분의 호의로 받은 수호석과 은을 섞어서 제 스승이 되어 주신 분과 함께 합금을 만들었어요. 그리고 언니처럼 친한 대장장이에게 의뢰해서 반지로 만든 거예요."

나는 수호석의 출처가 '정령왕님'이라는 사실은 숨기고 반지가 완성된 경위를 설명했다.

"아버지…… 우리 가족만 이런 걸 가질 순……. 이런 물건은 먼저 폐하께 헌상하는 게 도리가 아닐까 싶은데요……."

오라버니 역시 국보급 물건을 가볍게 선물 받아서 당황한 듯했다.

"데이지니까 왕가분들 몫도 제대로 확보했을 것 같은데요. 어때?"

언니는 역시 감이 좋다. 아니, 나를 잘 안다고 해야 하나?

"언니가 짐작한 대로예요. 폐하께는 편지로 이미 헌상하고 싶다는 뜻을 전했어요."

그렇다. 방금 막 일정을 조정한 참이다.

"그렇다면 우리 가족이 딸의 호의를 감사히 받아도 되지 않을까. 게다가 우리가 이걸 착용하길 바라는 이유는 데이지가 우리를 소중하게 여기기 때문이잖니?"

어머니의 말에 나는 고개를 끄덕이며 대답했다. 그러자 어머니도 나를 향해 싱긋 웃으며 고개를 끄덕이셨다.

"헨리, 나는 당신이 일을 하면서 다치지는 않을지 항상 불안해요. 당신과 훗날 레무스와 달리아도 이 반지의 가호를 받는다면 정말 안심될 거예요."

어머니가 나에게 가세해 다른 사람도 반지를 착용했으면 좋겠다고 말하셨다.

"아 참, 데이지. 호의로 귀중한 물건을 주신 분과 도와주신 분께도 이걸 드렸거나 상응하는 답례를 했겠지?"

어머니가 이번에는 내 쪽으로 몸을 돌려서 확인했다.

"도와주신 분께도 드렸으니까 걱정 마세요. 아…… 하지만 수호석을 주신 분께는 호의에 기대기만 했어요……."

이런, 정령왕님들이 오셔서 하도 놀리는 바람에 답례도 제대로 못 했다는 사실을 깜빡했네……. 어머니의 말씀을 듣고서야 깨달았다.

"그럼 그분이 기뻐하실 만한 답례를 해야겠구나, 데이지."

"네!"

나는 어머니에게 싱긋 웃으며 고개를 끄덕였다.

마침내 아버지도 오라버니도 납득해서, 가족이 다 같이 같은 반지를 끼게 되었다.

반지 증정이 끝나자 미나가 특제 치즈로 가득 찬 저녁 식사를 선보였다.

뜨거운 치즈를 올린 구운 감자 그라탕, 보슬보슬 치즈 샐러드, 토마토와 바질을 올린 동글동글 치즈 슬라이스, 치즈 케이크.

가족에게도 큰 호평을 받았다!

즐겁고 행복한 밤이었어! 역시 가족이 최고야!

제4장 정령왕님께 드리는 선물

"그렇게 돼서 정령왕님들께 뭔가 답례를 하고 싶어."

나는 지금 드래그 씨와 린의 공방에 와서 린과 테이블에 마주 앉았다. 오늘도 드래그 씨는 외출 중인 모양이라 거리낌 없이 정령왕님 이야기를 나누었다.

"음~. 정령왕님, 지금부터는 잠시 동안 들여다보기 금지예요!"

린이 머리 위로 팔을 붕붕 흔들었다. 효과가 있을까?

"안 돼요~! 깜짝 놀라게 할 거라고요!"

나도 머리 위로 외쳤다. 들어 주셨으면 좋겠다.

"자, 본론으로 들어갈까!"

린이 내 쪽으로 몸을 돌렸다.

"응!"

나는 고개를 크게 끄덕였다. 정령왕님이 기뻐하실 만한 걸 열심히 생각해야지!

"일단 데이지와 내가 만드는 데 참여하는 게 중요하겠지."

나는 "맞아!" 하고 동의했다.

"내가 만든 합금을 린이 세공하는 식으로 협력하는 게 좋겠어."

그러자 린이 똑같이 고개를 끄덕였다.

디자인은…….

"역시 우리 것과 짝을 맞춘 반지가 좋을 것 같은데……."

내가 작게 중얼거렸다.

"그렇겠지. 만드는 소재가 다르더라도 디자인만은 똑같이 맞추고 싶어."

린도 동의하며 고개를 끄덕였다.

"분명 기뻐하실 거야! 짝을 맞춘 디자인이라는 걸 알면 부끄러워하시려나?"

그렇게 선물할 때를 상상하며 둘이서 얼굴을 가까이 대고 쿡쿡 웃었다.

"갑작스럽게 채집하러 가는 건 무리니까 소재 가게에서 물색하고 싶은데 같이 가 줄래?"

나는 린에게 부탁했다. 그러자 "오케이!" 하고 기운찬 대답이 돌아왔다.

그리고 두 사람과 호위 두 마리가 함께 소재 가게가 모인 거리로 왔다. 당연히 호위는 리프와 린의 성수인 레온이다.

거리를 둘러보니 가로수가 초여름의 짙은 색으로 변해 있었고, 우리를 향해 쏟아져 내리는 강렬한 햇볕에 살짝 땀이 흘러나오는 날씨였다.

소재 가게가 늘어선 거리를 걷다가 보석과 마법석을 다루는 가게 한 곳이 눈에 들어와서 거기서 소재를 물색하기로 했다.

뭐랄까, 여기에 있을 것 같은 느낌이 들어.

""안녕하세요.""

"어서 옵쇼! 아가씨들, 뭘 사러 왔어?"

가게 주인으로 보이는 남자가 어린아이 상대로 깔보는 기색도 없이 싹싹하게 용건을 물어보았다.

다행이다!

"저는 연금술사고 이 사람은 대장장이예요. 둘이서 수호하는 효과가 있는 합금을 만들고 그걸로 액세서리를 만들고 싶어서 재료를 찾으러 왔는데요…….'"

그렇게 설명하면서도 처음 오는 가게라 구조를 잘 몰라서 가게 안을 두리번거리는 우리.

……종류가 너무 많아서 모르겠어!

"이쪽 유리 케이스 안에는 가치가 높은 보석이나 특수한 효과가 있는 마법석만 장식되어 있어! 저쪽 나무 상자에 든 것들은 운이 좋으면 대박을 건질 지도 모른다!라는 느낌이지? 이쪽 나무 상자 안에 든 건 모두 한 개에 대동화 다섯 닢이면 돼."

우리가 당황하니 가게 주인이 사근사근하게 가게 안의 상품을 설명했다.

일단은 유리 케이스 안에 있는 것을 감정을 써서 대강 훑어보며 느낌이 오는 물건을 찾았다.

……뭔가 애매하네. 이거다 싶은 게 없어.

밑져야 본전이라는 생각으로 나무 상자에 아무렇게나 담긴 다양한 돌을 순서대로 집어 들며 찾아보았다.

……이것도 아니야.

……이건 예쁘기만 하잖아.

……어라?

[행운의 돌]

분류: 보석-재료

품질: 중급품~고급품

세부 사항: 행운을 불러오고 재난을 막는 신기한 돌. 이 상태로도 좋지만 합금으로 만든다고 효과가 줄지는 않는다. 어떤 금속과 섞으면 효력이 배로 증가한다.

속마음: 나와 함께라면 행복해질 수 있어!

……감정 결과에 '중급품~고급품'이라고 나오는 건 처음인데. 합금을 만드는 방법이나 조합에 따라서 차이가 생기는 건가? 어쩌면 엄청난 물건이 될지도 몰라.

그 돌은 강변 모래밭에 있는 손안에 쏙 들어오는 자갈 크

기에 부드러운 유백색의 백운모 같은 광택과 모양을 지닌
고운 색의 매끈한 돌이었다. 감정 결과 때문인 것도 있지만
왠지 끌리는 걸.

　내가 그 돌을 들고 감정 결과를 린에게 설명하자, 린도
"오, 그거 괜찮은데?" 하고 동의했다. 나는 린에게 귓속말
로 상담했다.

　"있잖아, 린. 정령왕님께는 이걸로 우리와 짝을 맞춘 반지
를 만들어 드리고, 남은 합금으로 펜던트를 세 개 정도 만
들 수 있을까?"

　"응, 예전의 주괴 정도 크기라면 충분할 거야."

　……이거라면 미나와 마커스에게 집 지키기나 심부름을
맡겨도 사건에 휘말릴 가능성이 줄겠지. 그리고 여러 모로
가게 경영을 도와주는 카츄아에게도 답례하고 싶고!

　"사장님, 돌은 이걸로 할게요. 혹시 이 가게에 순은 같은
주괴가 있나요?"

　유리 케이스 너머에 서 있는 가게 주인에게 '행운의 돌'
한 개를 내밀며 물었다.

　"오, 아가씨, 대박인 돌을 찾아낸 거야? 금속은 액세서리
용이라면 몇 개 갖춰놨는데 꺼내 올까?"

　"부탁드려요!"

　다행이다. 여기저기 돌아다니지 않아도 되겠어!

　"순은은…… '뭐, 나쁘지 않을지도' 라."

　"금은…… '나랑 안 어울리는 걸 보고도 몰라?' ."

"미스릴은…… '어른의 계단을 오르고 싶어♡'? 그 상대인 미스릴 측은…… '어른으로 만들어 줄게♡'."

하트가 붙었다는 건 아마 상성이 무척 좋다는 뜻이겠지. 서로 마음이 있는 모양이기도 하고.

"미스릴과 상성이 좋아 보이니까 미스릴 주괴 하나 주세요. 그리고 제가 낀 이 반지처럼 작은 보석도 취급하나요?"

"그거라면 여기보다 맞은편에 있는 가게가 취급하는 보석이 더 많아서 다양하게 고를 수 있을 거야!"

가게 주인이 창문으로 보이는 맞은편 보석점을 가리키며 알려 주었다.

우리는 그 가게에서 계산을 마치고 맞은편 가게로 갔다.

반대편 가게 주인이 말한 대로 그 가게에는 같은 초록색 보석이라도 다양한 채도와 크기, 모양의 돌이 갖춰져서 고르느라 고생했지만 결국 짝을 맞췄다고 할 만한 색과 디자인의 돌을 샀다.

……좋아, 열심히 만들자!

자, 그럼! 우선 내 차례야!

나는 내 아틀리에의 실험실에 들어와 기합을 넣었다.

합금을 만들 때 쓸 앞치마와 장갑도 완벽하게 장비 완료!

연금 가마에 미스릴과 '행운의 돌'을 넣고 막대를 꽉 쥐었다.

'모두가 행복하고 멋진 미소를 짓게 할 금속이 돼라……!'

나는 눈을 감고 잠시 기도했다.

그리고 눈을 번쩍 떴다!

"자! 시작한다!"

마력을 넣어서 아주 뜨겁게……!

그렇게 마음속으로 외우며 잠시 막대를 움켜쥐고 있으니 가마 안이 뜨거워졌다. 은보다 시간은 많이 걸렸지만 겨우 미스릴이 녹기 시작했고, 나는 연금 가마 안을 막대로 빙글빙글 휘저었다.

"자, 하나가 되어 줘……!"

[포추니움]

분류: 합금-재료

품질: 저질

세부 사항: 행운을 불러오는 힘이 담긴 합금. 그 힘은 금속량에 비례하지 않는다. 단, 결합도가 낮아서 행운의 힘이 완전히 발휘되지 않을 듯하다.

속마음: 아직 덜 섞였어……. 서로 더 가까이 있고 싶어.

……좋아, 그냥 녹여서 섞었을 뿐이야. 하나가 되게 할게!

[포추니움]

분류: 합금-재료

품질: 중급품

세부 사항: 행운을 부르는 힘이 담긴 합금. 그 힘은 금속량에 비례하지 않는다. 행운의 힘은 충분히 발휘하겠지만 한 단계 더 위로 오를 수 있으리라!

속마음: 미스릴과 함께 어른의 계단을 오르고 싶어!

……좋아, 앞으로 한 단계 더! 내게 숨겨진 가능성을 보여 줘……!

그렇게 막대를 한 바퀴 더 빙글 돌렸다.

[포트니움]

분류: 합금-재료

품질: 고급품

세부 사항: 행운을 부르는 힘이 담긴 합금. 그 힘은 금속량에 비례하지 않는다. 소유자에게 재난이 찾아오려 하면 자연스레 소유자가 회피하게 유도하는 신기한 합금.

속마음: 우리와 함께라면 나쁜 건 다가오지 못해!

됐다! 완성됐어! 고급품이고 소재의 가능성까지 제대로 이끌어 냈으니까 완벽해!

나는 뿌듯함에 양팔을 허리 위에 올리고 당당하게 섰다. 흥분해서 콧김이 살짝 거칠어졌고 볼도 발그레해졌는지 달아오른 게 느껴졌다.

연금 가마의 마개를 뽑고 아직 뜨거운 액체 상태의 합금을 주괴 틀에 붓고 가만히 며칠을 기다렸다.

 주괴를 린에게 건넨 지 2주일 후. 린이 완성된 반지를 들고 내 아틀리에를 방문했다.

 "안녕, 데이지! 반지가 완성돼서 전해 주러 왔어!"

 린은 도어벨을 울리며 아틀리에 안으로 들어왔다.

 "그럼 2층에서 보자! 마실 것 좀 들고 갈 테니까 먼저 가서 앉아 있어!"

 오늘은 자두 음료. 차가운 과일 음료 두 잔을 유리잔에 담아 쟁반에 올리고 2층으로 향했다.

 2층 거실에 도착해서 유리잔을 테이블 위에 내려놓고 린과 마주 앉았다.

 서로 유리잔 안의 내용물을 한 모금 마시며 목을 축였다. 관자놀이를 자극하는 차가움과 자두의 새콤달콤함에 입안이 상쾌해졌다.

 "후우. 이렇게 만들어 봤어."

 각자 다른 돌이 달린 반지 두 개. 우리 것보다 금속을 많이 사용한 두꺼운 디자인이었다.

 "디자인을 비슷하게 맞추면서도 남성용이니까 조금 두껍게 했어."

 나는 초록색 돌이 달린 반지를 집어 들었다. 다른 소재로 만들었지만 내 반지와 색은 거의 동일하고 새겨진 덩굴 디자인도 똑같았다. 내가 중지에 낀 반지와 나란히 비교하니 짝을 맞췄다는 느낌이 들어 만족스러웠다.

　[행운의 반지]
　분류: 장식품
　품질: 고급품
　세부 사항: 행운을 부르고 불행을 피하는 힘이 담긴 반지.
소유자에게 재난이 찾아오려 하면 자연스레 소유자를 회피
하게 유도하는 신기한 반지.
　속마음: 행복하게 해 줄게!

　"정령왕님을 부를까?"
　"그러자! 하나, 둘!"
　""정령왕님~!""
　우리가 동시에 외치자, 방이 초록색과 황금색 빛으로 감
싸였다.
　"데이지!"
　"린!"
　그리고 두 정령왕님이 모습을 드러냈다. 두 분이 왠지 어중
간하게 팔을 들고 우리 몸집만큼 벌린 채 부들부들 떠시네.

　……어어, 끌어안고 싶은데 망설이시는 건가?

　나는 들고 있던 짝을 맞춘 반지를 손바닥 위에 올리고 정

령왕님에게 보여 드렸다.

"제가 정령왕님에게 선물하려고 만든 반지예요. 받아 주시겠어요?"

나는 그렇게 말하며 반지에서 식물의 정령왕님에게로 시선을 옮겼다. 정령왕님은 아주 행복해 보이는 미소를 지으며 나를 내려다보셨다.

"물론 고맙게 받으마, 데이지. 무언가를 줘야 할 입장인 우리가 총애하는 아이에게서 선물을 받다니, 나는 정말 복 받은 정령왕이로구나. 그 반지는 네가 내 손가락에 직접 끼워 주겠느냐?"

나는 고개를 끄덕이며 대답하고서 정령왕님이 내민 왼손을 잡았다.

"짝을 맞춘 반지니까 함께 중지에 끼는 게 좋을 것 같아요."

나는 정령왕님의 부드러운 중지에 반지를 스르륵 끼워 넣었다.

"고맙구나, 데이지."

정령왕님의 입술이 관자놀이에 살며시 닿았고 머리카락 너머로 전해지는 온기에 정령왕님의 따스함이 느껴졌다.

친애의 입맞춤이 끝나고 서로의 왼손을 비교하며 짝을 맞춘 반지라는 걸 확인했다.

문득 시선을 드니 린과 흙의 정령왕님도 손을 나란히 놓고 우리와 같은 행동을 하고 있었다. 그때 네 명의 눈이 마주쳐서 다 같이 멋쩍게 웃었다.

그곳은 행복한 공기로 은은하게 감싸였다.

두 정령왕님이 돌아간 뒤에 린의 반지 및 펜던트 제작 대금과 내가 합금을 만드는 데 쓴 재료비와 제작 대금을 서로 정산했다. 그리고 린은 아틀리에를 뒤로했다.

남은 건 이 펜던트 세 개뿐이다. 오늘은 마침 카츄아가 경리 건을 체크하러 왔는데 휴식 시간인 지금이라면 빵 공방의 테라스석에서 식사 중일 것이다.

선물하려면 지금이 딱 좋아!

[행운의 펜던트]
분류: 장식품
품질: 고급품
세부 사항: 행운을 부르고 불행을 피하는 힘이 담긴 펜던트. 소유자에게 재난이 찾아오려 하면 자연스레 소유자를 회피하게 유도하는 신기한 펜던트.
속마음: 행복하게 해 줄게!

펜던트에는 새끼손가락 한 마디 정도 크기의 작고 볼록한 타원형 참이 달렸는데 거기에 음각으로 별똥별과 초승달을 새긴 귀여운 디자인이었다. 펜던트 참 위에 살짝 크고 동그란 금속 장식이 달렸는데, 지금은 체인이 걸렸지만 해제할 수도 있다. 초커로도 팔찌로도 찰 수 있게 되어 있다.

린이 말하길 이런 디자인으로 한 이유는 '행운의 펜던트'

니까 소원을 이뤄주는 별똥별이 떠올라서라고 한다.

우리 나이대의 아이가 착용하면 남녀 불문하고 정말 잘 어울릴 것 같아!

"미나! 마커스! 카츄아! 선물을 주고 싶어!"

손님이 빠진 빵 공방에 나란히 모인 세 사람에게 말을 걸 었다.

미나와 마커스는 눈을 깜빡거렸다.

"그, 저희는 사용인이니까 그렇게 신경 쓰실 필요는⋯⋯."

미나는 당황해서 양손을 휘저었다.

"맞아요, 데이지 님. 저희는 이미 분에 겨운 급료를 받고 있고 그렇게까지 호의를 받을 만한 입장이 아닙니다."

마커스도 약간 곤란하다는 표정을 지었다.

"이건 말이지, 재난을 멀리하게 하는 행운의 펜던트야. 너 희에게 심부름이나 부재중에 아틀리에를 맡겼을 때 무슨 일이 생기면 내가 곤란해. 그러니까 나를 위해서도 꼭 착용 했으면 해."

"데이지 님~! 그렇게까지 절 생각해 주시다니 행복해요~!"

미나는 감격했는지 눈물을 글썽이고 코를 훌쩍이면서 나 에게 달려들더니 펜던트를 받아 목에 걸었다.

"저도⋯⋯ 받아도 될까요?"

"무슨 소리야, 너도 내 소중한 동료잖아."

내가 그렇게 말하며 마커스의 손에 펜던트를 건네자, 마 커스는 조금 쑥스러운 듯이 펜던트를 걸었는데 귓가가 살짝 빨개져 있었다.

"그리고 카츄아. 네 덕분에 아틀리에도 시작할 수 있었고 경영도 순조로워! 행운의 펜던트는 행운을 부르는 힘이 있으니까 네가 하려는 사업에도 분명 좋은 결과를 불러올 거야! 받아 줘!"

나는 마지막 한 개 남은 펜던트를 카츄아에게 건넸다.

"저는 전임 종업원도 아니고…… 받을 수 없어요. 이런 건 제대로 대금을 지불해야……."

상인의 딸다운 말을 하는 카츄아를 제지하고 선언했다.

"너는 내 친구이자 동료잖아! 친구한테 선물을 주는 게 뭐가 어때서?"

나는 그렇게 말하며 펜던트를 카츄아의 가슴팍에 떠밀었다.

"치, 친구……의 선물……. 앗, 그…… 감사합니다."

카츄아는 새빨개진 얼굴을 보이지 않으려는 듯이 등을 돌리고서 펜던트를 착용했다.

"친구……. 친구, 맞아. 우린 친구. 처음…… 사귄……?"

카츄아는 새빨개진 얼굴을 푹 숙이고 뭔가를 중얼거렸다. 비슷한 나이대에 친구다운 아이가 별로 없어서 어쩔 줄 모르는 건가?

이제 동료들도 안심이야!

제5장 여자들의 살벌한 싸움

정령왕님들에게 드릴 선물을 만들려고 대박인 돌을 찾아 냈을 때, 사실은 행운의 돌 외에도 신경 쓰이는 돌을 하나 더 발견했다. 이번에는 그 돌을 사러 리프와 함께 저번에 방문했던 그 가게로 한 번 더 발걸음을 옮겼다.

그래…… 이 돌이야. 겉보기엔 평범한 회색 돌 같지만…….

[부부석(남편)]
분류: 보석-재료
품질: 저품질~고품질('아내'와의 상성에 따라 달라진다)
세부 사항: 부부간의 애정이 깊어지고 아이가 생기기 쉬워지는 신기한 돌. 지금 이 상태로도 괜찮지만 '부부석(아내)'과 함께 합금으로 만드는 편이 효과가 더 좋다. 부부 중 한쪽만 소지하면 효과가 없다.
속마음: 귀여운 신부랑 함께하고 싶어.

'남편'이라고 쓰여 있으니까 아내가 필요하겠지……?

그러고 보니 국왕 폐하 부부는 둘째를 낳은 후로 아이가 안 생겨서 그게 옛날의 그 독살 미수 소동으로도 이어졌다고 아는데.

그럼 아이가 생기기 쉬워지는 이 돌의 반쪽이 필요해……!

그걸로 멋진 선물을 만들면 분명 왕비 전하가 기뻐하실 거야!

하지만 아기는 황새가 물어다 주거나 다리 밑에서 데려오지 않나? '부부석'을 가지고 있으면 황새한테 더 잘 보이나?

나는 상자 안을 뒤졌지만 그 반쪽으로 보이는 돌은 찾지 못했다.

"아가씨, 뭐 곤란한 일이라도 있어?"

저번의 그 가게 주인이 사근사근하게 말을 걸었다.

"이게 '부부석'의 남편 쪽 돌인 것 같은데, 다른 반쪽인 아내 돌이 안 보여서요."

나는 손에 올린 '부부석(남편)'을 가게 주인에게 보였다.

"오, 이걸 찾아냈구나! 아가씨, 정말 눈썰미가 좋은걸. 이 돌은 말이지, 아내 쪽은 보석처럼 아름다운 돌이라서 찾기 쉽지만 남편 쪽은 보시다시피 평범하게 생긴 회색 돌이잖아? 그래서 찾기 힘들다고! 잠시만 기다려…… 가게 안쪽에 아내 돌이 몇 개 있었을 거야."

주인은 그렇게 말하며 가게 안으로 들어갔다.

'몇 개'라고……? 하나면 되는데? 설마…… 이 남편 돌을 두고 쟁탈전을 벌이지는 않겠지…….

몹시 불길한 예감이 들었다. 그리고 그 예감은 바로 현실
이 되어 내 앞으로 다가왔다.

'남편 돌을 찾았다고?!'

'이런 기회는 좀처럼 없어! 그 돌은 내 거야!'

'무슨 소리야! 아름다운 나야말로 그 돌과 맺어지기에 걸
맞아!'

'아름다움이라면 내가 더 뛰어나!'

가게 주인이 유리 케이스 위에 늘어놓은 형형색색의 화려
한 아내 돌들의 '속마음'이 폭주했다. 그 돌들의 목소리가
머릿속에 울려서 시끄러웠다. 제발 좀!

그 후에도 시끄러운 여자들의 설전(?)이 계속됐다.

우와…….

나도 기겁했지만, 문득 내가 든 남편 돌을 보니…….

'나…… 기가 센 사람은 좀……. 살려 줘…….'

이미 질색하고 있었다.

응…… 네 마음은 알아.

그런 소란 속에서 문득 어른스럽게 말을 아끼는 연분홍색
돌이 있는 것을 깨달았다.

'나는 언니들처럼 색이 눈에 띄지 않으니 얌전히 있어야
겠지…….'

그런 작은 목소리가 들렸다.

왠지 이렇게 갸륵한 돌이라면 남편 돌과 어울릴 듯한 기분이 들어 남편 돌을 그 돌에게 가까이 댔다.

'다정해 보이면서 멋진 분……♡'

'어쩜 이리 아련해 보이고 귀여울까……♡'

역시!

'''잠깐, 왜 저렇게 수수한 아이가……!''''

등 뒤에서 서로를 매도하던 언니들(?)이 시끄럽게 굴었지만 무시하자.

나는 이 페어 돌을 사기로 했다.

"금속은……."

금 주괴에 가까이 대자 부드러운 빛이 돌들을 감싸며 훈훈한 분위기가 감돌았다.

'언니가 너희를 이어 줄게♡'

'고마워, 금 언니!'

'고마워, 금 누나!'

이걸로 결정!

아틀리에의 실험실로 돌아온 나는 연금 가마 앞에 섰다.

앞치마와 장갑도 완벽하게 장비 완료!

자, 국왕 폐하 부부를 기쁘게 해 드리기 위해 열심히 하자!

막대를 꼭 쥐고 기합을 넣었다.

자, 부부가 하나가 되어 왕비 전하께 아기를 내려 줘……!

마력을 넣어서 아주 뜨겁게……!

그렇게 마음속으로 외며 잠시 막대를 움켜쥐니, 재료를 넣은 가마 안이 뜨거워지면서 금이 녹기 시작했다. 나는 연금 가마 안을 막대로 빙글빙글 휘저었다.

"자, 하나가 되어라……!"

[베이비 골드]
분류: 합금-재료
품질: 저질
세부 사항: 부부의 애정을 깊게 하고 아이를 내려 주는 힘이 담긴 합금. 그 힘은 금속량에 비례하지 않는다. 그러나 결합도가 낮아서 힘이 완전히 발휘되지는 않을 듯하다.
속마음: 아직 완전한 부부가 되지 못한 것 같아…….

그래…… 그냥 녹여서 섞었을 뿐이야. 더 가까워지게 만들어 줄게!

마력과 왕비 전하를 향한 마음을 담아 막대를 빙글빙글 돌렸다.

[베이비 골드]
분류: 합금-재료
품질: 고품질

세부 사항: 부부의 애정을 깊게 하고 아이를 내려 주는 힘이 담긴 합금. 그 힘은 금속량에 비례하지 않는다.

속마음: 반드시 황새가 아기를 물고 올 거야!

됐다……! 황새가 올 거래! 왕비 전하도 기뻐하시겠지!

연금 가마의 마개를 뽑고 아직 뜨거운 액체 상태의 합금을 주괴 틀에 부은 후 조용히 며칠을 기다렸다. 그리고 식은 주괴로 국왕 폐하와 왕비 전하 몫의 액세서리 제작을 린에게 의뢰했다.

[아이를 내려 주는 반지]

분류: 장식품

품질: 고급품

세부 사항: 사이가 좋은 부부의 애정을 더욱 깊게 하고 아이를 내려 주는 힘이 담긴 반지.

속마음: 황새는 반드시 온다!

이걸 선물해 드리면 분명 아기가 찾아오겠지……!

나는 신이 나서 그런 상상을 했다.

제6장 왕가에 올리는 헌상품

그러고 보니 국왕 폐하께 원심 분리기를 받았지만, 휘핑 크림을 만드는 게 늦어져서 전에 이야기했던 휘핑크림을 쓴 음식을 헌상하지 않았다는 사실을 깨달았다.

그거 진짜 맛있는데……! 꼭 가족분들과 함께 즐기시게 해야지!

나는 주방이나 빵 공방에 있을 미나를 찾았다. 그리고 주방에서 뒷정리를 하는 미나를 발견했다.

"미나, 부탁이 있어."

"네, 무슨 일이세요?"

미나는 작업하던 손을 멈추고 하얀 고양이 귀를 쫑긋 세우고서 앞치마에 손을 닦았다.

"이번에 국왕 폐하의 가족분들을 알현할 건데, 그때 휘핑크림을 쓴 음식을 헌상하고 싶어서 미나에게 상담하러 왔어."

주방에 놓인 휴식용 의자에 앉아 미나에게 용건을 알렸다.

"어머! 헌상품인가요! 잠시 과자 관련 책을 갖고 올게요!"

미나는 그렇게 말하며 황급히 3층 방으로 책을 가지러 가 버렸다.

아무래도 미나는 급료를 모았다가 그 돈을 요리책을 사는 데에 탕진하는 듯했다. 책은 고가이기도 하고 아틀리에 사람들에게 도움이 되니까 고용주인 나한테 부탁해도 될 텐데.

저러다가 미나가 자기가 입을 옷도 못 사는 건 아닐지 걱정된다.

하지만 미나가 말하길 매일 휴식 시간에 근처 책방에 들러서 다음에 살 책을 물색하는 게 즐겁고, 마침내 구매에 성공한 순간에 무척 행복하다고 한다.

그런 건 고용주가 사 주는 게 좋으려나……. 책을 사는 건 경비에 가깝기도 하고.

다음에 기회가 되면 의논해야겠어.

그런 생각을 하며 기다리니, 미나가 책을 끌어안고 계단을 내려왔다.

"오래 기다리셨어요!"

돌아온 미나는 청소가 끝난 작업대 위에 책을 내려놓았다. 우리는 의자를 당겨서 그 책 근처로 갔다. 그건 예전에도 보여 줬던 제과 관련 책이었다.

"어떤 과자에 휘핑크림이 어울릴까요……."

미나는 그렇게 말하며 페이지를 넘겼다.

"어라?"

펼친 페이지에는 '슈'라는 동그란 과자가 그려져 있었다.

"이건 안이 빈 가벼운 식감의 신기한 과자래요. 여기에 반쯤 칼집을 내서 휘핑크림을 가득 넣으면 어떨까요?"

"그거 좋은데! 들고 가기도 좋고 모양이 무너질 걱정도 없겠어!"

우리는 그것에 '슈크림'이라는 이름을 붙여서 헌상품에 추가하기로 했다.

드디어 알현날이 되었다.

얼음을 넣은 상자에 '슈크림'을 넣고서 친가에서 빌린 마차를 타고 왕성으로 향했다.

이럴 때를 위해 맞춘 드레스는 모스그린색 옷감을 바탕으로 주름이 잔뜩 들어가 있었다. 중앙에는 하얀 옷감을 짜서 만든 셔링과 레이스가 장식된 디자인이다. 가슴 중앙에는 같은 모스그린색 옷감으로 만든 얇은 리본 장식이 달렸다.

이제 어릴 때부터 쓰던 핸드백을 드는 건 실례니까 작은 어른용 핸드백 안에 헌상할 반지를 넣었다.

드레스는 혼자 입을 수 없어서 미나가 도와주었다.

참고로 아나 씨와 린에게도 함께 가자고 권유했지만, 그런 건 귀족이 할 일이라며 거절하는 바람에 나는 혼자서 쓸쓸히 성으로 향했다.

안내받은 방은 왕성 안쪽에 있는 왕가 사람의 거주 공간과 가까운 작은 객실이었다.

"오랜만이구나, 데이지. 부담스러워하지 말고 앉거라."

잠시 기다리니, 폐하가 가족을 데리고 나타나서 앉으라고 권유했다. 나는 목례를 하고 착석했다. 뒤에는 감정을 밑겼는지 하인리히 씨도 동석했다.

"데이지 양이라면 맛있는 빵을 가지고 오는 아이 맞지! 오늘도 맛있는 걸 들고 왔어?"

나와 동갑인 윌리엄 전하가 두근거리는 표정으로 질문했다.

"아, 그 달콤한 크림?"

마가렛 전하도 기대하는 표정으로 웃었다.

가져와서 다행이다…….

나는 안도하며 가슴을 쓸어내렸다.

"정말! 윌리엄도 마가렛도 경망스럽게……. 미안하구나."

왕비 전하가 미안해하며 두 분을 나무랐다.

"괜찮아요. 오늘은 신작을 들고 왔습니다. 이쪽 상자에 담긴 건 휘핑크림을 듬뿍 넣은 '슈크림'입니다. 나중에 차갑게 해서 빠르게 드시면 됩니다."

나는 싱긋 웃으며 테이블 위에 올려놓은 상자를 내밀었다.

"고맙구나. 나중에 가족과 함께 먹으마."

국왕 폐하가 상자를 받아들었다.

"이제 본론입니다만…… 제가 금속을 혼합하는 연금술을 배웠는데, 그 기술을 써서 완성한 물건을 헌상하려고 찾아왔습니다."

나는 먼저 핸드백에서 수호의 반지 네 개를 꺼냈다.

"이 네 개의 반지는 수호의 반지라고 해서, 온갖 상태 이상을 방어하고 장비한 사람의 체력을 서서히 회복시키는 마법의 반지이니 모두 하나씩 착용해 주시면 감사하겠습니다."

다음으로 아이를 내려 주는 반지 두 개를 꺼냈다.

"그리고 이 두 개의 반지는 아이를 내려 주는 반지라고 해서, 사이가 좋은 부부의 애정을 더욱 깊게 하고 아이를 내려 주는 힘을 가진 반지입니다. 그러니 국왕 폐하와 왕비 전하가 착용하시면 분명 황새가 아이를 가져다줄 겁니다!"

좋아…… 완벽하게 설명했어!

"황새……."

그런데 내 설명에 어째선지 폐하가 입을 떡 벌렸다.

응? 황새 맞잖아?

"아아, 아니. 데이지에게도 나이에 맞는 모습이 있구나 싶어서 말이지."

그리고 입가를 가리며 쿡쿡 웃었다.

"폐하, 웃고 계실 때가 아니에요! 데이지 양의 설명이 옳다면 이 반지는 국보급의 엄청난 선물이라고요. 하인리히, 확인해 줄래요?"

입가를 가린 폐하의 손을 왕비 전하가 가볍게 때리며 하인리히에게 감정을 지시했다.

하인리히는 모든 반지를 가만히 확인했다.

"데이지 양의 말에 틀린 부분은 없습니다……. 수호의 반지는 몸을 지키는 훌륭한 물건이니 바로 착용하십시오. 그리고 크흠, 아이를 내려 주는 반지는…… 나라를 걱정하는 신하로서 말씀드립니다만 부디, 부부께서 나란히 착용하시면 좋겠습니다."

하인리히가 볼을 살짝 붉히며 진언했다.

그러자 왕비 전하는 자녀와 폐하에게 수호의 반지를 끼우고 자기 손가락에도 끼웠다. 그리고 아이를 내려 주는 반지를 폐하의 손가락에 끼운 뒤, 마치 소원을 빌듯이 자기 손가락에도 천천히 끼웠다.

"데이지, 정말 고마워. 특히 이 아이를 내려 주는 반지 말이야. 나는 윌리엄이 장래에 왕위를 이을 때까지 함께 그 아이를 지탱할 남동생을 낳고 싶었단다. 하지만 좀처럼 이루어지지 않았지. 이번에야말로 이 소원이 이루어지기를 빌게. 나에게 희망을 줘서 고맙구나, 데이지."

왕비 전하는 무척 기쁘게 미소를 지었다.

"참, 답례를 해야지! 어디 보자…… 데이지는 다양한 책을 받으면 기뻐할 것 같은데. 어떠니? 아니면 달리 입수하기 어려운 기재라든가 뭔가 원하는 게 있니?"

왕비 전하는 매우 생기 넘치고 즐거운 표정으로 물었다.

"네! 책을 받고 싶습니다. 책은 귀중하니 받는다면 정말 감사할 따름입니다."

의외로 왕비 전하가 오늘의 헌상을 기뻐하셨다. 나도 기분 좋은 약속을 했다.

◆

후일담이다.

석 달 정도 지난 어느 날 왕비 전하의 임신 소식이 들려왔고 이듬해에 쌍둥이 왕자 전하와 왕녀 전하가 태어나 온 나라가 축하 분위기에 휩싸였다.

또 그 후에도 몇 년 간격으로 계속 아이가 생기면서 왕비 전하의 근심은 싹 사라졌다. 그리고 나와 린은 아이가 태어날 때마다 탄생 축하 선물로 남은 주괴로 수호의 반지를 만들어 헌상하는 게 연례행사가 되었다.

'황새야, 잘했어!' 나는 마음속으로 축하했다.

◆

이제 반지를 줄 사람이 두 명만 남은 어느 날, 그 당사자들이 찾아왔다.

"아나 씨가 엄청난 게 완성됐다고 해서 왔어!"

수호의 반지를 넘길 마지막 두 사람인 모험가 마르크와 레티아였다.

"물건이 물건인지라 안으로 들어오실래요?"

나는 두 사람을 데리고 안쪽 작업실로 이동했다.

작업실에 들어가서 문을 잠그고 서랍에서 보관해 뒀던 반지를 꺼내 손바닥 위에 올리고 두 사람에게 보였다.

"이건 수호의 반지라고 해서 온갖 상태 이상을 방어하고 장비한 사람의 체력을 서서히 회복시키는 마법의 반지예요. 참고로 사악한 마음을 지닌 사람이 장비하면 효과는 발휘되지 않아요. 이걸 드리려 했어요."

"……."

"……."

두 사람 다 말이 없었다.

"저기요?"

나는 고개를 갸웃거렸다.

"뭐가 '저기요?'야! 모든 상태 이상을 막고 체력까지 자연 회복된다고?! 완전 국보급 아이템이잖아!"

"놀랐어……. 내 상상을 아득히 뛰어넘네."

국보급이라고 호들갑을 떠는 마르크와 조용히 놀라는 레티아.

"그럼 필요 없으세요?"

농담 반 진담 반으로 물어보았다.

"당연히 갖고 싶지! 전에 만났을 때 상태 이상 공격을 가진 마수한테 애먹는다고 했잖아!"

마르크에게 혼나고 말았다……. 힝…….

"그건 그렇고 주머니 사정은 괜찮지만 대체 얼마를 내야 하는 거야, 이거……."

레티아도 작게 중얼거리며 고민하는 눈치였다.

"린하고도 상담했는데요. 우리가 소재를 채집하러 갈 때 '마르크와 레티아의 호위 의뢰를 무제한 지명' 하는 걸로 대신하면 안 될까요? 그 외의 대금은 필요 없어요."

나는 린과 의논한 걸 마르크와 레티아에게 제안했다.

"몸으로 갚으라는 뜻인가……."

고개를 끄덕이는 레티아.

"뭘 납득하는 거야, 레티아! 그 정도로 끝날 물건이 아니잖아! 나 참…… 린도 그렇고 데이지도 그렇고 두 사람 다 장인이라면 돈에는 더 엄격하라고! 이리 와, 셋이서 린한테 가자!"

그렇게 나도 레티아도 마르크의 말을 따라 린을 찾아갔다.

마르크를 선두로 대장장이 지구에 있는 린의 공방 입구에 도착했다.

"린, 있어?"

마르크가 열린 문 안으로 말을 걸었다. 그러자 린이 안에서 작업 중이었는지 바로 대답이 돌아왔다.

"야, 린. 그 반지 말인데, '호위해 주면 공짜'라니 그게 도대체 무슨 소리야. 장인으로서 팔 건 제대로 팔아야지!"

"아, 역시 안 되나?"

린이 어깨를 움츠리며 혀를 빼꼼 내밀었다. 그런 린에게 마르크가 꿀밤을 먹였다.

사이좋네…….

린이 아파 보였지만, 저런 가벼운 관계가 조금 부럽기도 했다.

"그러면 어떡하라고?"

린이 머리를 문지르며 입을 삐죽였다.

"개당 천만 릴레를 낼게. 그러니까 린이랑 데이지한테 각자 대금화 한 닢씩을 내겠다 이 말이야. 그리고 호위 의뢰는 일정에 따라 다르겠지만 꼭 받을게. 난 천만 릴레도 싸다고 봐. 그러니 꼭 받아라?"

마르크가 우리를 타이르듯이 말했다.

""네.""

우리는 순순히 고개를 끄덕였다.

"레티아도 그걸로 됐지?"

마르크가 확인하자, 레티아도 "그래, 그거면 돼." 하고 고개를 끄덕였다.

그리하여 겨우 반지의 가격이 결정됐고, 우리는 마르크가 매직 백에서 꺼낸 대금화를 한 닢씩 받아들었다. 그런 뒤에야 나는 마르크와 레티아에게 반지를 건넬 수 있었다.

지금은 휴식용 탁자에 앉아서 잡담 중이다.

"그래서 어디 소재 채집하러 가고 싶은 곳이 있어?"

마르크가 질문했다.

"나는 아직 없어. 뭐, 나중에 데이지랑 같이 마검이나 내구성이 엄청나게 좋은 갑옷 같은 걸 만들고 싶긴 해. 데이지는 어딘가 있어?"

린이 의자의 등받이에 팔꿈치를 괴며 물었다.

" '현자의 허브' 랑 '치유의 이끼' 가 필요해. 그리고 가족이 마도사니까 로브의 재료가 될 메인 소재가 있는 곳 정도?"

나도 린을 따라서 채집하고 싶은 소재를 읊었다.

"'현자의 허브' 랑 '치유의 이끼' 라는 소재는 뭐에 쓰는 거야?"

처음 듣는 소재인지 레티아가 고개를 갸웃거리며 물어보았다.

"마나 포션의 상위 버전을 만들 수 있어요. 미궁 도시의 던전을 탐험하는 마도사들의 마나 포션 섭취량이 줄면 화장실 문제도 해소되지 않을까 싶어서요."

"화장실 문제?"

레티아가 잘 모르겠다는 표정을 짓더니 뒤이어 이렇게 말했다.

"화장실은 대충 아무 데나 숨어서 해결하면 되잖아. 난 그러고 있는데."

그렇게 단언한 여자 레티아의 얼굴은 진지했다.

그러자 마르크가 레티아의 뒤통수를 철썩 때렸다.

"넌 여자로서 창피함이라는 걸 알아라!"

아무래도 이 파티는 마르크가 핀잔주는 역할이고 레티아가 엉뚱한 소리를 하는 역할인가 보다.

하여튼 두 사람은 상태 이상 공격을 하는 마수 퇴치 의뢰가 쌓인 모양이라 그걸 먼저 해결하고 채집하러 가기로 했다.

기대된다……!

제7장 '분' 소동

어느 안식일, 나는 가족의 얼굴이 보고 싶어서 오랜만에 친가에 갔다.

"오랜만이에요."

현관에서 인사를 하고 세바스찬 및 사용인의 응대와 함께 안으로 들어가니, 거실에서 어머니와 언니가 이쪽에 등을 돌리고서 뭔가를 이야기하는 모습이 보였다.

"어머니, 언니, 저 왔어요."

내가 말을 걸자 뒤돌아본 어머니와 언니의 얼굴이 하얗다.

어째선지 얼굴부터 드레스 가장자리까지 새하얗게 칠해져 있었고, 뺨은 분홍색으로, 입은 빨간색으로 물들어 있었다.

뭐야 이거……? 가장 파티인가?

"어머, 데이지. 어서 오렴!"

어머니가 어린아이가 그린 낙서 같은 수수께끼의 하얀 얼굴로 미소를 지었다. 새하얀 얼굴 안의 새빨간 입술이 호를 그리니 솔직히 무서웠다.

"최근에 외국에서 들어온 '분'으로 화장하는 게 여자들 사이에서 유행이래. 그래서 엄마도 모임에 나갈 때 당황하지 않도록 달리아랑 같이 화장해 보던 참이야."

그리고 낙서를 한 것처럼 대비가 극심한 얼굴로 다시 웃었다.

"맞아! 데이지도 슬슬 이런 거에 관심을 가질 나이니까 연금술 실험만 하지 말고 치장이나 유행에도 신경 써야지! 이렇게 일부러 점을 그리는 것도 멋지지 않아?"

이번에는 어째선지 눈 밑에 눈물점이라며 검은 하트를 그린 언니가 나에게 설교했다. 그렇게 설교하기 이전에 점이라면서 하트를 그리다니 영문을 모르겠어!

아니, 도대체 이게 무슨 일이야⋯⋯!

뱃속이 뒤틀리며 폭소할 것 같았지만, 그런 짓을 했다간 분명 두 사람에게 엄청난 꼴을 당하겠지.

아 참, 우리 나라에서 하는 화장을 설명하자면 애초에 화장이라는 문화 자체가 없었다. '방종한 행위로 유혹하는 것', '타락의 상징'이라며 윤리에 어긋난다고 안 좋게 봐서다.

그런데 이제는 그런 인식이 관대해졌는지 상류 사회를 중심으로 화장이 유행하기 시작한 듯했다.

나는 이상한 유행도 다 있다는 생각을 하며 그 화장이라는 것을 할 때 쓰는 주재료인 '분'을 확인했다.

[분(납제)]

분류: 화장품

품질: 보통

세부 사항: 여자의 피부를 하얗게 보이게 한다.

속마음: 피부 미인으로 만들어 줄게. 하지만…… 계~속 쓰다가는 기미가 생기기 쉬워질걸. 킥킥킥.

[분(수은제)]

분류: 화장품

품질: 보통

세부 사항: 여자의 피부를 하얗게 보이게 해 준다.

속마음: 피부 미인으로 만들어 줄게. 하지만…… 계~속 쓰다가는 잇몸이 까매지고 이가 빠지고 말걸. 메롱!

자자자, 잠깐만! 뭐야, 이거!

"어머니도 언니도 그 '분'을 피부에 바르는 건 그만둬요!"

나는 당황해서 어머니와 언니에게서 '분'을 빼앗으려 했고, 그에 항의하는 두 사람과 잠시 소동이 일었다.

"너희들, 도대체 왜 이렇게 시끄러워?"

보다 못한 아버지가 방에서 나와 거실로 찾아왔다.

"여보!"

""아버지!""

아버지는 어머니와 언니의 마치 어린아이가 낙서한 것 같은 흰 얼굴을 보고 굳었다.

"어어…… 가장 파티 준비야?"

그렇게 말하고 말았다……. 그 말은 아마 NG일걸요.

"여, 보──?"
"아버──지──?!"
하얀 두 낙서에게 점차 포위당하는 아버지.

아, 이거 못 버티겠네…….

내 예상대로 어머니와 언니가 코앞까지 다가오자 아버지의 얼굴이 조금씩 일그러졌다.
"아하하하하! 얼굴은 부자연스럽게 하얗고, 그 탓에 사라진 볼과 입술 색을 일부러 칠하다니! 게다가 달리아, 얼굴에 하트 마크는 왜 그린 거야!"
"당신은 여자의 마음이란 것도 몰라요?! 지금은 이런 화장을 하는 게 사교계에서 하나의 소양이 되었다고요!"
"아버지는 멋쟁이가 되고 싶은 소녀의 마음을 전혀 모르세요!"
아버지는 어머니와 언니 사이에 껴 집중 공격을 받았다.
"저기……. 여자의 마음은 둘째치고 그걸 계속 썼다간 기미가 늘 거예요. 그리고 다른 건 잇몸이 까매지고 이가 빠진대요."

나는 소란을 피운 두 여자에게 진지한 표정으로 지적했다.

"" 뭐!" "

아버지를 나무라던 두 사람의 손이 동시에 멈췄다.

"데이지, 그게 사실이니?"

두 사람 사이를 빠져나와 내 곁으로 다가온 아버지가 내 어깨 위에 손을 올리고 진지한 눈빛으로 물었다.

"네. 봤으니까요……. 수호의 반지로 막는다면 좋겠지만, 그럴 거라는 확신은 없고……."

그 대답을 들은 아버지가 빠르게 대응했다.

"로제, 달리아, 이 물건의 안전성을 알아낼 때까지 바르는 건 금지야. 그리고 지금 당장 피부에 바른 걸 지우고 와. 나는 너희의 자연스럽게 아름다운 피부를 잃고 싶지 않아."

아버지가 진지한 표정으로 말하자, 어머니와 언니는 서둘러 화장을 지우려고 거실을 나갔다.

"그래서 데이지, 이건 독이랑은 다른 거니?"

아버지가 재촉하셔서 둘이 나란히 소파에 앉았다.

"넓게 보면 인체에 악영향이 있다는 뜻이니까 독이겠죠. 하지만 소량으로는 이렇다 할 독성이 없고 계속 섭취해서 일정량에 도달한 경우에만 독성이 나타나는 걸지도 몰라요. 그래서 감정에도 독이라고 명확하게 나오지는 않았어요."

아버지가 흠, 하고 턱에 손을 올리며 끄덕였다.

"그렇다면 하인리히 님이 감정하셨다 해도 이게 왕비 전하의 손에 들어갔을지 몰라. 그건 위험한데……. 게다가 수호의 반지가 없는 일반 시민도 걱정돼. 데이지, 미안하지만 내일 같이 성에 가 주겠니?"

"물론이에요, 아버지."

그리고 나는 내일 이 '분' 건으로 급히 성을 방문하기로 했다.

다음 날, 나는 약속대로 마차를 타고 아버지와 함께 성으로 향했다.

도중에 내 아틀리에에 들러 미나의 도움을 받아 드레스를 입으며 아틀리에를 부탁했다.

"알겠습니다. 가게는 맡기시고 열심히 하고 오세요."

미나가 싱긋 웃자, 머리가 살짝 기울어지면서 연분홍색 머리카락이 살랑였다.

행운의 펜던트는 초커 형식으로 만들었는데 참을 중심으로 빨간 리본으로 묶여 있었다.

아 정말…… 귀여워! 엿보이는 하얀 고양이 귀도 너무 사랑스러워!

꽈아아악.

"어라라?"

왜 끌어안는 건지 모르는 미나는 의문스러운 표정을 지으면서도 얌전히 안겼다.

잠시 미나에게 치유 받은 나는 아버지와 함께 성을 방문했다.

안내받은 방에는 국왕 폐하 부부, 재상 각하, 하인리히가 있었다. 왕비 전하는 보기 드물게 복부가 조이지 않는 느슨한 드레스를 입고 계셨다.

그리고 상업 길드장인 올리버 씨와 카츄아가 있었다.

어라……? 왜 여기에 카츄아가 있는 거지?

"상업 길드장의 딸, 카츄아 양이 세운 카츄아 상회에서 수입한 '분' 말이다만, 그것이 인체에 악영향을 끼칠 가능성이 드러났다."

폐하가 꺼낸 말을 듣고 두 사람이 왜 이곳에 있는지 깨달았다.

""아무리 독극물이라는 사실을 몰랐다고 해도 이 나라에 들여오다니 진심으로 죄송합니다!""

올리버 씨와 카츄아가 일어서서 최대한 고개를 숙였다.

"저도 왕비 전하께서 물건을 사용하시기 전에 감정으로 확인하고 있습니다. 독극물이라는 것을 알아보지 못하고 왕비 전하를 위험에 노출시킨 점, 진심으로 죄송합니다!"

하인리히도 '분'을 감정했었는지 일어서서 깊이 고개를 숙였다.

"세 사람 다 고개를 들고 앉도록 해라. 그대들을 벌하려고 부른 게 아니니까. 문제 삼으려는 건 앞으로의 대응에 대해서다."

폐하의 말에 세 사람은 숙였던 고개를 들고 착석했다.

"재상, 조사는 어떻게 됐나."

"폐하의 명령대로 '그림자'와 '새'. 암부 두 명을 이용해 수입처인 그 나라의 상황을 급히 조사하게 했습니다."

아무래도 아버지가 어제 나와 대화한 뒤에 바로 성에 보고한 듯했다. 바로 다음 날에 결과가 나오다니 재상 각하께서는 대단하시구나.

그런 수완가인 재상 각하도 멋있지만, '그림자'와 '새'라니! 뭔가 이야기 속에 나오는 인물 같아. 이렇게 평소에는 잘 볼 수 없는 사람들이 화제에 올라 불경하게도 가슴이 두근거려서 삼천포로 빠지고 말았다……. 그도 그럴 게 나는 아직 어린아이니까…… 어쩔 수 없잖아?

"그래서 결과는 어떻지?"

재상 각하가 조사 결과로 보이는 종이 다발을 훑더니 보고를 시작했다.

"네. 우선 납으로 된 물건 말입니다만, 장기간에 걸쳐 사용하면 기미가 생기기 쉬워져서 시간이 지날수록 더 두껍게 칠하게 되는 악순환이 벌어진다고 합니다. 그리고 그 과정에서 생긴 기미를 감추려고 가짜 점을 찍는 게 유행하는 모양입니다."

각하는 종이를 한 장 더 넘기며 보고를 계속했다.

"다음으로 수은으로 된 물건 말입니다만, 장기간에 걸쳐 사용할 시 잇몸이 까맣게 변하고 이가 빠지기 때문에 그걸

부채로 가리는 게 유행한다고 합니다. 가난한 자는 건강한 이를 팔라는 강요를 받는데 결국 그 이는 상류 사회 사람의 의치로 사용한다는군요."

"어떻게 그런 짓을⋯⋯."

'이를 판다'는 말을 들은 왕비 전하가 그 참혹한 상황에 얼굴을 찌푸리며 손으로 입가를 가렸다.

그러나 재상 각하의 보고는 거기서 끝나지 않았다.

"그리고 이건 아직 추측일 뿐입니다만, 수출한 나라는 우리 나라에 비해 태아, 유아의 사망률이 매우 높은 듯하여⋯⋯ 뭔가 이상한 사상이 발생하고 있다고 합니다."

그 보고를 들은 국왕 폐하와 왕비 전하의 안색이 순식간에 변했다.

"왕비, 안전성이 확인될 때까지 '분'을 바르는 걸 금지하겠어. 외교 같은 공무 중에 '분'으로 화장을 해야 하는 곳이 있다면 몸 상태를 이유로 불참해도 상관없어. 알겠지?"

"네⋯⋯ 알겠습니다. 배려해 주셔서 감사합니다."

왕비 전하가 폐하에게 고개를 숙였다.

"카츄아 상회는 내가 허가를 내릴 때까지 '분'의 수입 및 판매를 금지한다."

""네.""

폐하의 명령에 카츄아 부녀가 고개를 숙였다.

"하지만 한 번 여성의 마음에 불붙은 '아름답게 치장하고 싶다'는 마음이 쉬이 사그라들까요⋯⋯? 이미 판매된 물건을 회수하기는 몹시 곤란할 겁니다. 게다가 금지해도 입수하고 싶어하는 자가 나올 수도 있고……. 원하는 자가 있으면 밀수하려는 자도 나올지 모릅니다."

재상 각하는 탁자에 팔꿈치를 괴고 관자놀이에 손을 올리더니 신음했다.

"데이지, 올리버, 카츄아. 연금술을 이용하든 상업 길드에서 얻은 광석이나 안료를 이용하든 상관없다. 우리 나라 국민을 위해 안전한 화장품을 개발해 주지 않겠나?"

국왕 폐하가 우리 셋에게 말씀하셨다.

일단 '분'을 수입한 두 사람은 거절 못 하겠는걸…….

그런 생각이 들어서 두 사람을 보니, 이미 국왕 폐하께 고개를 숙이고 있었다. 수락한다는 뜻이겠지.

카츄아는 내 소중한 친구니까 나도 힘이 되어야지.

나도 두 사람을 따라 폐하께 고개를 숙였다.

◆

"그런 이유로 안전한 '분'을 만들게 됐어."

폐하의 의뢰를 받은 날, 아틀리에로 돌아온 나는 마커스와 미나와 함께 저녁을 먹으며 일이 커졌다는 생각에 한숨을 내쉬었다.

““분?””

‘분’은 최근에 상류 사회에서 유행하기 시작한 물건이다. 마커스도 미나도 그게 뭔지 모른다. 둘 다 고개를 갸웃거리기에 “얼굴을 더욱 하얗게 만들기 위한 안료야.”라고 간단하게 설명해 두었다.

“피부를 더 하얗게 만든다고요……? 귀족 여성들도 참 힘들겠네요.”

미나는 오늘의 주요리인 감자 그라탱을 먹으며 감탄했다.

그래, 하얗고 탱탱한 피부에 볼이 발그레한 미나에게는 필요 없는 물건이겠지. 뭐, 언니한테는 이러니저러니 핀잔을 듣긴 했지만 나한테는 아직 필요 없는 물건이리라. 언니도 나랑 겨우 한 살 차이밖에 안 나니까 필요 없을 것 같은데.

“쉽게 말해 피부에 잘 맞고 무해한 하얀색 안료를 만들라는 거네요.”

마커스가 핵심을 찌른 발언을 했다.

“맞아. 너무 하얘도 괴물 같으니까 적당히 투명감이 있으면서도 피부의 흠은 확실하게 가려야겠지?”

어머니와 언니의 화장을 본 감상을 토대로 소감을 늘어놓는 나.

“그러면 감자 가루는 너무 서민 같은 발상이려나요. 음식이니까 입에 들어가도 안심되잖아요?”

미나가 포크로 꽂은 그라탱의 감자를 내려다보며 중얼거렸다.

"감자 가루?"

오히려 요리에 어두운 나는 고개를 갸웃거렸다.

"감자는 껍질을 벗기고 썰어서 쓰려고 하면 표면에 아주 미세한 '하얀 가루'가 붙어 있어서 물로 씻어내야 하거든요. 갈면 이 가루가 더 많이 나오지 않을까 싶어요."

미나의 제안에 곰곰이 생각해 보았다. 확실히 평소에 많이 먹는 걸로 화장품을 만든다면 그보다 더 안심이 되는 물건은 없겠지.

"한번 만들어 보자."

우리는 식사를 마친 뒤에 감자를 이용한 '하얀 분' 만들기에 도전하기로 했다.

감자를 세 개 준비했다.

"먼저 껍질을 벗겨서 갈게요."

미나가 능숙하게 감자를 처리했다. 간 감자가 점차 요리용 볼에 쌓였다.

"간 감자의 섬유 부분이 문제네."

그렇다. 감자의 섬유 부분과 수분, 그리고 미나가 말하는 '하얀 가루'가 수분과 섞여서 볼 바닥에 가라앉아 있었다. 이 '하얀 가루'만 빼내고 싶은데.

"눈이 넓은 헝겊으로 짜 볼까요?"

미나는 마커스에게 헝겊과 새 요리용 볼을 가져오라고 부탁하고 그 볼 위에 헝겊을 올렸다. 그리고 다른 볼에 든 간 감자를 전부 헝겊 위로 쏟았다. 그다음에 헝겊으로 감자를 감싸고 삼베 끈으로 입구를 꽉 묶었다.

힘껏 짜내자, 물과 '하얀 가루'가 헝겊의 눈을 통해 빠져나왔다.

"하지만 이것만으로는 너무 적은데."

"그럼 물에 넣어서 주물러 볼게요. 아직 헝겊 안에 든 감자에 섞여 있을지도 몰라요."

미나가 볼 안에 물을 넣은 뒤에 헝겊을 잠시 주물럭거리고 흔들자 물에 하얀 물질이 퍼졌다. 그 모습을 보고 아직 헝겊 안에 든 '하얀 가루'가 많다는 사실을 깨달았다. 작업은 하얀 물질이 퍼지는 게 멈출 때까지 계속됐다.

남은 건 불그스름해진 물과 그 밑에 쌓인 '하얀 가루' 뿐이다.

나는 위쪽 물을 조심스레 따라서 버렸다.

만일을 위해 한 번 더 물을 추가해 투명한 물을 버렸다.

그러자 물기를 머금은 '하얀 가루'가 남았다.

"그럼 이건 내일까지 자연 건조시키……."

"물기는 가열해서 날리자!"

나는 미나의 말을 가로막았다. 그리고 미나가 만든 촉촉한 '하얀 가루'를 빼앗아 프라이팬에 쏟아붓고 가열하기 시작했다. 완성품이 빨리 보고 싶어서였다.

"봐! 선명한 하얀색으로 변하고 있어!"

나는 내 아이디어가 옳았다며 만족스럽게 가슴을 폈다.

"어라……? 아무리 지나도 물기가 날아가지 않는 투명한 부분이 있는데요."

마커스가 프라이팬을 들여다보며 곤란한 표정을 지었다.

어? 어라?

"불을 끌게……."

주걱으로 불에 가열한 '하얀 가루+물'을 헤집어 보았다. 그러자 가루와 젤리의 질감을 섞은 듯한 탱글탱글한 물건이 완성되었다.

그러자 내 등 뒤에서 분노의 기척이 느껴졌다…….

"데이지 니이이임!"

미나가 탱글탱글한 무언가가 붙은 주걱을 통째로 빼앗았다. 그 손은 분노로 부들부들 떨렸다. 그러자 그 손과 주걱을 통해 이어진 '탱글탱글'한 무언가도 부들부들 떨렸다.

"모처럼 제가 열심히 가루를 만들었는데에에에!"

아아아아! 미나를 진심으로 울리고 말았어! 게다가 꼬리가 마치 수세미처럼 말도 안 될 정도로 크게 부풀었잖아! 위험해, 이건 진짜 극도로 분노한 거야!

"미안해! 미나! 내가 잘못했어, 그러니까 울지 마!"

나는 주머니에서 손수건을 꺼내 미나의 눈물과 콧물을 닦았다.

"이제 괜찮다고 말할 때까지 쓸데없는 짓은 하지 않으실 거죠……?"

미나가 눈물 어린 눈을 치켜뜨며 확인했다.

"안 해, 안 해! 이제 안 할게! 그러니까 한 번 더 가루를 만들어 줄 수 있을까……?"

나는 양손을 맞잡고 미나를 향해 고개를 숙이며 간절히 부탁했다.

"어쩔 수 없네요……."

착한 미나는 '하얀 가루'를 처음부터 다시 만들었다.

그리고 완성된 물기를 머금은 '하얀 가루'는 큰 접시 위에 담아서 하룻밤 동안 실온에 건조시켰다.

다음 날 완성된 것은 이러했다.

[전분]

분류: 식품

품질: 보통

세부 사항: 식품을 걸쭉해지게 만드는 가루. 여자의 피부를 하얗게 보이게 하지만 커버력은 낮다.

속마음: 갓난아기의 땀띠에 발라도 안심할 수 있어! 핥아 먹어도 괜찮아!

미나가 그 가루를 손가락으로 찍어 손등에 발라 보았다.

"진짜 하얘지네요."

으음…… 하지만 뭔가 다른데.

"그런데 하얀 정도가 부족하다고 해야 하나, 투명감이 너무 많다고 해야 하나……?"

안전 문제는 해결했으나 아직 갈 길이 멀어 보였다.

다음 날, 카츄아와 올리버 씨가 물건을 이것저것 모았다고 해서 상업 길드로 향했다. 광석이라고 하면 또 아나 씨지. 아나 씨는 내 스승이자 대선배인 사람이다. 사정을 설명하고 따라와 달라고 부탁했다.

그리고 나는 당연히 미나가 만든 '전분'도 병에 넣어서 들고 갔다.

상업 길드 1층에 있는 접수처에 간 나는 접수원에게 이름을 말했다.

"데이지 폰 프레스라리아와 동행 아나스타샤 씨예요. 오늘은 길드장님과……."

"아! 데이지 님의 방문은 길드장님께 들었어요. 동행분도 함께 안내해 드릴게요!"

용건을 말하기도 전에 우리는 빠르게 위층에 있는 응접실로 안내받았다.

넓은 응접실에는 이미 올리버 씨와 카츄아가 와 있었다. 방에는 수많은 테이블이 놓여 있었고 그 위에 다양한 광석과 '하얀 가루'가 늘어서 있었다. 광석은 이미 가루 상태가 된 것과 원래 형태 그대로인 광석도 있었다.

"호오, 많이도 모았는걸. 역시 상업 길드장이라고 부를 만하구나."

아나 씨는 그것들이 뭔지 아는 모양인지 하나하나 흥미롭게 바라보았다.

"데이지 양, 이분은 누구시죠?"

올리버 씨가 나에게 물었다.

"제 연금술 스승인 아나스타샤 씨예요. 광석 쪽에 무척 식견이 넓으신 분이라 제가 부탁해서 같이 왔어요."

나는 두 사람에게 아나 씨를 소개했다.

"어이쿠, 저 같은 풋내기 때문에 수고스럽게 해서 죄송합니다. 잘 부탁드립니다."

올리버 씨가 그렇게 말하며 카츄아와 함께 고개를 숙였다.

"귀여운 제자인 데이지가 신세를 진 친구를 도와 달라는데 스승이 안 도울 수 없지. 이런 할머니라 몸은 마음대로 안 움직이지만 머리에 쌓은 지식으로 협력하겠네."

아나 씨는 싱긋 웃으며 나와 카츄아의 얼굴을 번갈아 봤다.

그 미소에 딱딱했던 카츄아의 표정이 살짝 누그러졌다.

"데이지…… 고마워!"

카츄아가 눈물을 글썽이며 나에게 달려와 안겼다.

"무서웠어……. 원래라면 용서받지 못할 큰 실수를 저지르고 말았어. 폐하께서 은정으로 만회할 기회를 베푸셨지만 상품을 처음부터 만들어 내라니……. 어떻게 해야 좋을지 몰라서 마음이 불안했어. 시간을 되돌릴 수도 없어서 무서웠어."

카츄아가 떨리는 손으로 내 등에 팔을 둘렀다.

나도 그런 카츄아의 등에 팔을 두르고 힘껏 끌어안으며 천천히 손바닥으로 등을 문질렀다.

"괜찮아, 나도 같이 노력할게. 응?"

나는 주머니에서 꺼낸 손수건으로 카츄아의 눈물을 살며시 닦았다.

"넌 상인이잖니. 실수로 들여온 것보다 훨씬 가치가 높고 좋은 상품을 만들어서 반대로 상대 나라에 수출하겠다는 마음가짐으로 분발하거라!"

아나 씨가 격려하듯이 카츄아의 등을 두드렸다.

"그리고 그걸로 이 나라의 산업이 늘면 고용도 늘고 외화도 더 많이 얻겠지. 이 나라에 그 정도로 공헌한다면 만만세 아니겠니? 첫 실수는 아주 작은 찰과상일 뿐이야."

아나 씨는 아까와는 전혀 다른 다정한 표정으로 카츄아에게 웃어 보였다.

"네……! 열심히 할게요!"

카츄아는 고개를 들고 손으로 눈물을 닦더니 미소 지으며 고개를 끄덕였다.

"감사합니다……!"

올리버 씨도 고개를 깊이 숙였다. 고개 숙이고 입술을 악문 그 표정에서 강한 결의가 느껴졌다.

"그럼 시작할까."

그렇게 말을 꺼낸 아나 씨에게 바로 '전분'을 내밀었다.

"이건 시험 삼아 감자에서 추출한 '하얀 가루'인데 '전분'이라고 해요. 얼굴을 희게 하는 효과는 조금 떨어지지만, 음식에서 추출했다고 하면 그만큼 안전하다는 인식이

생겨서 부가 가치가 생기지 않을까요? 갓난아기의 땀띠에
도 효과가 있대요."

세 사람이 내 주위로 모여들었다.

아나 씨가 병뚜껑을 열고 손끝으로 가루를 살짝 덜어서
손등에 발랐다.

"확실히 '분'에 비하면 희게 하는 효과가 덜하군요. 하지
만 지금 상황에서 높은 안전성은 무척 좋은 홍보 문구로 쓸
수 있을 겁니다."

올리버 씨가 고개를 끄덕였다.

"이건 주재료 가루 후보에 넣자꾸나."

아나 씨의 말에 다른 두 사람도 동의했다. 그리고 테이블
위의 소재에 '전분'이 든 병이 추가되었다.

나는 늘어선 소재를 하염없이 훑어보았다.

[분꽃 종자]

분류: 식물 종자

품질: 보통

세부 사항: 여아가 화장 흉내를 내며 자주 가지고 논다.
그러나 뿌리와 종자는 잘못 먹으면 구토, 복통, 극심한 설
사를 일으킨다.

속마음: 나를 가지고 지나치게 놀면 안 돼!

뭐, 왜 이걸 떠올렸는지는 알겠는데…… 이걸 들여온 사

람, 누구야.

맥 빠지는 소재에 잠시 어이없다고 느끼면서도 늘어선 소재를 둘러보는데, 신경 쓰이는 물건이 눈에 들어왔다.

음, 이건……?

반짝거리는 광석이 아니다. 그 주위에 붙은 '하얀 가루' 다.

[아연화]

분류: 안료

품질: 양질

레어도: B

세부 사항: 아연이 공기와 접촉해서 생긴 화합물. 하얀색 안료. 피부가 타는 것을 예방하고 살균 작용으로 냄새를 제거하는 효과가 있다.

속마음: 피부 미인으로 만들어 줄게. 피부가 타는 걸 막는 효과도 있어!

아, 감정을 반복했더니 마침 레벨이 올랐나 봐. 방금 '레어도' 라는 항목이 늘었어. 희귀한 정도를 나타내는 걸까?

그건 그렇고 이 '아연화' 라는 거 대단한데! 하얄 뿐만 아니라 추가 효과까지 한가득 있다니!

그 암석에 붙은 '하얀 가루' 를 손끝으로 훑어서 손등에 발랐다. 그러자 살짝 투명감이 있으면서도 피부가 눈에 띄게 하얘졌다.

"올리버 씨, 이건 뭔가요? 입수하기 쉬운 물건인가요?"

"그건 아연이라고 하는데 광산에서 채집할 수 있습니다. 원래는 유황이라는 유해 물질이 포함되어 있지만 '광산 슬라임'이라는 마수에게 먹이면 정화돼서 깨끗한 아연 덩어리만 토해 내지요. 우리 나라에서 많은 양을 생산하고 있습니다. 아연이 마음에 드시나요?"

올리버 씨가 내 옆으로 와서 정중하게 설명했다.

"아니요. 아연 그 자체가 아니라 그 주위에 있는 '아연화'가 좋아요. 이건 그냥 하얗기만 한 게 아니라 피부가 타는 걸 막고 냄새를 제거하는 효과도 있대요!"

"어머, 그게 정말이니! 이런 금속의 녹을 용케 발견했구나, 데이지!"

아나 씨가 옆으로 다가와 내 머리를 쓰다듬었다.

"어떻게 그걸 보기만 하고 아신 겁니까……?"

"어떻게 그걸 보기만 하고 안 거야……?"

카츄아와 올리버 씨가 의아한 표정을 지었다.

그러고 보니 이 자리에서 내가 감정 스킬의 보유자라는 사실을 알고 있는 건 아나 씨뿐이구나.

"지금부터 하는 말은 절대로 발설하지 마세요."

나는 카츄아와 올리버 씨 두 사람의 얼굴을 번갈아 봤다.

"물론입니다. 데이지 양은 벌써 두 번이나 저희 목숨을 구해 주셨습니다. 데이지 양을 거스르는 일은 안 하겠다고 맹세하지요."

올리버 씨는 눈을 내리깔고 천천히 고개를 숙였다. 그리고 자기 가슴 위에 한쪽 손바닥을 올렸다.

"나는 네 친구고, 너는 내 목숨의 은인이야. 게다가 내 다리도 치료했잖아. 절대로 약속을 어기지 않을게!"

카츄아는 가슴께에서 흔들리는 내가 선물한 펜던트를 꼭 쥐었다.

두 사람이 그렇게 맹세했으니 나는 그 말을 믿기로 했다. 그리고 내가 두 사람을 믿고 싶기도 했다.

"저는 감정 스킬을 가지고 있어요. 그래서 의식을 집중해서 보면 그 대상의 성질을 알 수 있어요."

내 말을 들은 두 사람이 놀란 표정을 지었지만 어째선지 납득했다는 얼굴이었다.

"그래서 아신 거로군요. 그건 그렇고 감정은 무척 희귀한 스킬이지요. 비밀로 하는 게 당연합니다. 이런 사실을 말씀해 주셔서 감사합니다. 절대로 입 밖에 내지 않겠다고 맹세하겠습니다. 자, 카츄아도 맹세하렴."

올리버 씨가 카츄아를 재촉했다.

"네. 한 번 더 맹세할게. 결코 입 밖에 내지 않을 거야."

"감사합니다. 자, 검품을 계속해요!"

나는 두 사람을 재촉했다. 그 뒤로도 상업 길드에서의 검품은 계속됐다.

"아, 활석이 있구나. 이것도 주재료로 좋을지 몰라."

아나 씨의 말에 나도 흥미를 가지고 그쪽으로 갔다. 그곳에는 몇 개의 활석과 그 가루가 놓여 있었다. 석판 위에 글자를 쓸 때 사용하는 이른바 '백묵' 이라고 불리는 광물이다.

[활석]
분류: 안료
품질: 양질
레어도: B
세부 사항: 점토 광물. 잘게 부수면 하얀 가루가 된다. 피부와 잘 맞는다.
속마음: 피부가 희어 보여!

[활석]
분류: 안료
품질: 저품질
레어도: B
세부 사항: 점토 광물. 잘게 부수면 하얀 가루가 된다. 피부와 잘 맞는다.
속마음: 피부가 희어 보여! 하지만 미안해. 내 분말에는 흡입하면 악성 종양이 생기는 성분이 섞였어…….

어? 이건 뭐지?
나는 올리버 씨를 불러서 물어보았다.
"이 '활석' 은 몇 개 중에 하나만 품질이 나쁘고 몸에 해로운 물질이 포함된 것 같은데요…….”

나는 문제의 ‘활석’을 가리켰다.

“이건 산지가 다른 것을 몇 개 모아 온 겁니다만……. 채집 장소에 따라 위험한 물질이 포함될 수도 있다면 못 쓰겠군요. 아무리 저희 길드라도 직원 중에 희귀한 감정 스킬을 보유한 사람은 없는지라 체크할 시스템을 만들 수 없거든요.”

올리버 씨가 어깨를 늘어뜨렸다.

“이런, 그게 정말인가? 활석이 안 된다면…… 그렇지, 견운모는 없나?”

아나 씨가 다음 소재를 찾아 주위를 둘러보았다. 그런 아나 씨를 카츄아가 유도하듯이 견운모가 있는 곳으로 안내했다.

“견운모는 이쪽에 있습니다. 분말도 준비했어요.”

[견운모]

분류: 안료

품질: 고품질

레어도: B

세부 사항: 점토 광물. 잘게 부수면 하얀 가루가 된다. 유분이 풍부하고 피부와 잘 맞는다.

속마음: 피부가 희어 보여!

“우와, 순백색이고 피부에도 잘 맞아!”

나는 가루 상태의 견운모를 손가락으로 훑어서 손등에 발랐다.

"네, 우리 나라 북쪽 산악지대에서 나는 견운모는 순도가 높고 극도로 하얀 것이 특징입니다. 수출도 가능할 매장량을 자랑해서 주재료로 삼기에 좋지요."

아나 씨가 만족스럽게 고개를 끄덕였다.

"이게 주재료로 좋을 듯하구나. 견운모 가루에 '아연화' 소량을 섞으면 되겠어. 그러면 예전의 그 '분' 보다 뛰어난, 냄새도 제거되고 피부가 타는 것도 예방하는 미백 효과가 있는 '새로운 분' 이 완성되는 거지!"

아나 씨는 대략적인 구상이 잡혀서 만족스러워 보였다.

"더욱 좋은 미용 효과가 있는 '새로운 분' 과 무상으로 교환해 준다고 하면 이미 팔린 '분' 도 쉽게 회수할 수 있겠군요!"

올리버 씨는 또 다른 과제인 회수도 희망이 보일 듯해서 안심한 표정을 지었다.

"하지만 '아연화' 는 아연이 공기와 접촉한 면에만 소량으로 생기는 가루예요. 이걸 어떻게 양산하죠?"

카츄아는 당혹스러운지 미간을 찌푸리며 걱정스러운 얼굴을 했다.

"그 부분은 연금술사가 나설 차례지. 그리고 그 방식을 보고 양산화 방법을 생각해 내는 게 상인인 너희 역할이야."

아나 씨가 나를 끌어당겨 등 뒤에서 껴안듯이 내 어깨를 감싸고서 반대쪽 손으로 카츄아와 올리버 씨 두 사람을 순서대로 가리켰다.

　우리 넷은 아연을 가지고서 상업 길드의 마차를 타고 내 아틀리에까지 왔다.

　"어서 오세요."

　미나와 마커스가 일을 하던 도중에 마중을 나왔다.

　"지금부터 넷이서 실험실을 쓸 테니 계속해서 가게를 봐 다오."

　아나 씨는 두 사람에게 양해를 구한 뒤에 나를 포함한 세 사람을 데리고 실험실로 들어갔다. 그리고 연금 가마 앞에 왔다.

　"데이지, 꽤 뜨거우니 장갑과 앞치마를 하려무나."

　아나 씨의 주의에 나는 장갑과 앞치마를 착용하고 막대를 손에 꼭 쥐었다. 아나 씨는 뒤이어 이제부터 할 일을 설명 하기 시작했다.

　"다들 물은 알지? 물은 온도가 낮으면 얼음이 돼서 굳고 따뜻해지면 녹아서 다시 물이 되고 불에 가열하면 증발해."

　우리 셋이 고개를 끄덕이자 아나 씨가 계속해서 설명했다.

　"그건 금속도 똑같아. 덩어리라는 이미지밖에 없겠지만 가열하면 녹고, 더욱 가열하면 증기가 된단다. 단 물과 달 리 그 온도가 매우 높아서 '마력'을 써야 해. 상인이 그 방 법을 실현시키려면 마석의 힘을 써야 하겠지."

　"""엑!"""

설명을 들은 우리 셋은 놀라 소리를 질렀다.

물론 합금을 만들어 봤으니 녹는다는 건 알았지만 증기로
도 변한다니…… 깜짝 놀랐어!

"데이지, 멍하니 서 있지 말거라. 네가 하는 거야."
아나 씨가 자, 하고 등을 두드렸다.
"네!"
아나 씨의 손길에 등이 쭉 펴졌다.
나는 아연 덩어리를 연금 가마 안에 넣고 막대를 가마 안
에 찔러 넣었다.
"데이지. 막대를 통해 연금 가마 안을 아주 뜨겁게 가열하
거라. 펄펄 끓어도 놀라면 안 된다."
"네!"
몸 중앙의 배꼽 밑에서부터 몸과 팔을 통해 막대로 마력
을 조금씩 흘려 넣어 연금 가마 안을 뜨겁게 가열했다. 대
량의 마력이 빠져나가는 것을 느꼈다. 그러자 아연이 걸쭉
하게 녹았고 머지않아 보글보글 끓기 시작했다.
계속 가열하자 액체가 된 아연이 줄더니 마침내 사라져
버렸다.
그리고 '하얀 가루'가 연금 가마 안에 떨어져 쌓였다.
연금 가마가 둥그런 모양이라서 대류 현상으로 증기가 된
아연이 바깥에 새지 않았고, 일련의 변화가 모두 연금 가마

안에서 끝났다.

"아연이 녹아서 사라지고 '하얀 가루'가 됐어……!"

나와 카츄아, 올리버 씨가 그 변화를 목격하고 연금 가마 안에 감탄 어린 시선을 보냈다.

아연은 어딘가로 사라지고 '하얀 가루'만이 남았으니까.

왜 물체가 증발하면 사라지는 거지……? 그 뒤에 나타난 이 '하얀 가루'는 뭘까?

"아연은 증발해서 기체가 되면 공기와 결합해서 '아연화'가 된단다. 고체의 표면에 달라붙은 것과 똑같지."

아나 씨는 몹시 간단하다는 듯이 말했지만, 우리 셋은 아직 잘 이해가 안 됐다.

"차이는 표면적이야. 표면적이란 바깥으로 드러난 부분의 넓이를 말한단다. 고체 상태에서는 그 표면이 그대로 표면적이 되지. 하지만 증기가 되면 아연은 수많은 작은 입자로 변해서 표면적이 늘어나. 그러면 공기와 접촉하는 부분이 많아져서 '아연화'가 많이 생기는 거야."

으음, 알 듯하면서도 모르겠네.

아나 씨가 우리의 표정을 보고 그런 생각을 꿰뚫어 보았는지 설명을 추가했다.

"각설탕과 가루 설탕. 암염과 가루 형태의 소금. 어느 쪽이 물에 더 잘 녹을까? 둘 다 가루 형태인 쪽이 더 잘 녹겠지? 마찬가지란다. 차이는 물에 녹느냐 공기와 접촉해서 하얀 가루로 변하느냐. 그뿐이지."

음, 이론은 어렴풋이 알겠지만 끝나고 조금 더 공부해야 겠어. 나중에 아나 씨한테 한 번 더 배우자.

과제가 남았지만 일단 완성된 '하얀 가루'를 확인하기로 했다.

[아연화]

분류: 안료

품질: 양질

레어도: B

세부 사항: 아연이 공기와 접촉해서 생긴 화합물. 하얀색 안료. 피부가 타는 것을 예방하고 살균 작용으로 냄새를 제 거하는 효과가 있다.

속마음: 피부 미인으로 만들어 줄게. 피부가 타는 걸 막는 효과도 있어!

아나 씨 말대로 아연은 '아연화'로 변했다.

완성됐을 때는 연금 가마가 무척 뜨거운 상태여서, 방 안 의 열기 때문에 나나 다른 사람은 땀범벅이 되었다.

연금술을 이용한 일정량의 '아연화' 생산은 마쳤다.

이제 다음은 '누구든 만들 방법'을 고안하고 '시험품 테 스트'에 관해 고민할 차례다.

"테스트는 상업 길드의 여자 직원 중에서 희망자를 모집하겠습니다. 나머지는…… 마도구사 중에서도 우수한 기술자에게 아연을 증발시킬 '고온 가마' 제작을 의뢰하지요. 그러면 '누구든' 이 화장품을 생산하게 될 겁니다!"

올리버 씨의 말에 아나 씨가 고개를 세차게 끄덕였다.

그 와중에 모처럼 '전분'을 발견했는데 못 쓰는 건가 싶어서 살짝 실망한 나는 가지고 돌아온 '전분' 병을 집어 들었다. 그리고 그걸 문득 감정으로 확인해 보았다.

내가 든 병 아래에는 실험한 뒤에 식은 연금 가마 바닥에 쌓여 있는 '아연화'가 있었다.

[아연화]
분류: 안료
품질: 양질
레어도: B
세부 사항: 아연이 공기와 접촉해서 생긴 화합물. 하얀색 안료. 피부가 타는 것을 예방하고 살균 작용으로 냄새를 제거하는 효과가 있다.
속마음: 어라, 전분 군이다! 나랑 전분 군을 반씩 섞으면 약이 될 거야!

[전분]

분류: 식품

품질: 보통

레어도: B

세부 사항: 식품을 걸쭉해지게 만드는 가루. 여자의 피부를 하얗게 보이게 하지만 커버력은 낮다.

속마음: 어라, 아연화 씨다. 나와 아연화 씨를 합치면 피부에 쓰는 약이 될 거야!

약이 된다고……?!

"저, 아나 씨. '전분'과 '아연화'를 같은 분량으로 섞으면 피부용 약이 된다는데 써 봐도 될까요?"

카츄아, 올리버 씨와 함께 열심히 양산화 방법을 의논하던 아나 씨에게 물어보았다.

"그래? 약이 된다고? 그럼 해 보거라."

"네."

나는 실험 도구 중 하나인 '천칭'을 꺼내 실험대 위에 내려놓았다.

천칭은 좌우의 접시에 물건을 올려놓으면 같은 무게인지 확인할 수 있는 기재다. 그 천칭의 왼쪽 접시에 '전분'을, 오른쪽 접시에 '아연화'를 떠서 넣었다. 그리고 같은 양을 혼합해서…….

[아연화 전분]

분류: 의약품

품질: 양질

레어도: B

세부 사항: 습진 및 피부염, 땀띠, 간찰진, 햇볕으로 생긴 화상 같은 피부 질환이 생긴 곳에 바르면 치유, 소염, 보호, 부드러운 노화 방지 효과가 있다.

속마음: 하지만 축축하고 습윤한 환부에는 쓰면 안 돼!

해냈다……! 약을 개발했어! 이런 적은 처음 아닌가?!

그렇다. 지금까지는 교본을 참고해서 약제인 포션을 만들었다. 그러나 그건 선조가 발견한 기술을 재현한 것에 불과하다. 하지만 이 '아연화 전분'은 '내가 개발한' 약제다! 물론 감정 스킬이라는 강력한 아군 덕분이긴 하지만.

그래도 나는 내 인생에서 처음 겪는 사건에 두근거리며 내심 크게 흥분하고 말았다.

대단해…… 정말 대단해! 내가 처음으로 스스로의 힘으로 약을 만들었어! 교본에 실린 약품을 발견한 사람들과 같은 일을 해낸 거잖아?!

"아나 씨! 저 처음으로 제힘으로 새로운 약을 만들었어요! 환부에 바르면 습진이나 피부염, 땀띠, 간찰진, 햇볕으로 생긴 화상의 증상을 완화할 수 있대요!"

흥분해서 나도 모르게 아나 씨의 손을 꽉 잡고 흔들었다.

"용케 발견했구나."

아나 씨가 나를 보고 미소를 지으며 눈꼬리를 휘었다.

그리고 "잘 들거라." 하고 주의를 준 뒤에 조용히 이야기를 시작했다.

"'연금술사'란 말이지, 이 세계에 존재하는 것의 상태를 연구하고 무가치한 것으로 유익한 것을 만드는 사람을 가리킨단다. '연금술사'는 포션만 만드는 약사가 아니야. 하물며 욕심에 눈이 멀어 금을 만들려고 풀무질만 해 대는 사람도 아니지."

그리고 아나 씨는 내가 잡았던 손을 반대로 꽉 맞잡으셨다.

"데이지, 너는 지금 처음으로 자기 자신의 힘으로 무가치했던 것으로 사람들에게 유익한 것을 탄생시킨 거야. 드디어 너도 '진정한 연금술사'가 된 거란다."

맞잡은 양손을 놓은 아나 씨가 나를 온몸으로 끌어안았다.

"데이지, '진정한 연금술의 세계'에 어서 오거라."

그 말에 내 몸 안쪽에서 심장이 고동치고 뺨이 달아오르더니 무심코 눈물 한 방울이 또르륵 흘러내렸다.

기뻐……! 스승님에게 '진정한 연금술사'라고 인정받았어!

내가 그렇게 감동에 빠진 동안, 올리버 씨와 카츄아는 역시 상인답게 머릿속으로 '아연화 전분'의 상품화를 생각한 모양이었다.

"땀띠나 습진에는 굳이 고가의 포션을 바르지 않죠. 하지만 이 '전분'과 '아연화' 가루라면 더 싸게 제공할 수 있어요! 대강 손바닥 크기의 화장품 용기에 가득 넣어서 판다고 해도 2백에서 3백 릴레 정도겠네요!"

카츄아가 흥분한 모습으로 말했고, 뒤이어 올리버 씨가 딸과 마주 보고 고개를 끄덕이더니 이야기를 이었다.

"'아연화 전분'의 양산을 가능하게 하려면 나라에 감자 증산을 의뢰해야 합니다. 토지가 없는 농민을 모집해서 개척 사업에 협력하라고 하면 될 듯합니다. 폐하의 생각에 따라서는 그들이 토지를 가진 농민이 될 수도 있겠군요!"

다음은 카츄아가 말할 차례다. 역시 상인의 아이답다. 딸도 두뇌 회전이 빨라!

"농민에게 감자를 기르는 짬짬이 '전분'을 만드는 부업을 시키면, 농민의 수입 증가에 따른 생활수준 향상과 세입 증가도 기대할 수 있겠어요! 꼭 이 약을 포함해서 테스트해서 그 결과를 폐하께 보고드려요!"

올리버 씨는 이미 완전히 흥분 상태였다.

"넌 정말 대단해! 도와줘서 고마워! 좋아해! 데이지!"

카츄아가 내 곁에 오더니 그렇게 말하며 날 끌어안았다.

시간이 흘러, 국왕 폐하께 보고를 올리는 날이 찾아왔다.

보고를 받는 사람은 국왕 폐하와 재상 각하, 재무경. 이렇게 세 분이다.

보고자 측에는 나와 올리버 씨, 카츄아에 더불어 아나 씨도 와 주셨다. 발치에는 내 호위인 강아지 모습의 리프가 얌전히 엎드려 있었다.

"오늘 시간을 내 주셔서 정말 감사합니다. 저희가 수입한 '분'의 대체품 계획에 관해 설명해 드리겠습니다."

먼저 올리버 씨가 폐하에게 오늘의 주제를 말씀드렸다.

"오오, 그걸 대신할 물건이 드디어 완성됐나!"

폐하와 재상 각하는 안심했는지 희색을 보였다.

그러자 올리버 씨가 하얀색 바탕에 파란색 꽃이 그려진 작은 도자기에 넣은 '새로운 분'을 테이블 위로 꺼내 모두에게 선보였다.

"이건 우리 나라 북부 광산에서 나는 견운모를 가루로 만든 것을 주재료로 삼고 거기에 아연이라는 금속을 구워서 만든 '아연화'라는 가루를 섞은 신제품입니다. 두 소재 모두 독성이 없고, 저희 길드 직원을 통해 시험한 결과 피부에 악영향이 없음을 확인했습니다."

그러자 폐하가 기뻐하는 목소리를 냈다.

"또한 첨가한 '아연화'에는 피부가 타는 것을 예방하는 효과가 있어서 더욱 미용 효과가 좋은 물건으로 홍보해서 판매할 수 있습니다."

올리버 씨가 정중하게 '새로운 분'을 설명했다.

"호오, 그렇다면 미용이나 새로운 것을 좋아하는 여자는 이것에 열광하겠군!"

이미 유통된 물건에 관한 여자들의 관심을 어떻게 돌릴지 걱정하던 재상 각하는 기쁜 표정을 지었다.

"예, 이미 판매한 수입품인 '분'도 더 좋은 미용 효과가 있는 이 '새로운 분'과 무상으로 교환하겠다고 널리 선전해서 저희 카츄아 상회에서 책임지고 회수할 예정입니다."

재상 각하는 만족스럽게 고개를 끄덕였다.

"그 선전은 나라 차원에서도 협력하지."

국왕 폐하도 만족스럽게 말씀하셨다.

"견운모와 아연이 나는 광산의 광부를 늘려야겠군요. 그러려면 초기 투자가 필요하겠지요. 하지만 이게 우리 나라의 산업이 된다면 세입 증가도 기대할 만합니다. 이건 즉시 대응해야 합니다."

재무경은 입장이 입장인지라 경비나 세입 같은 부분을 신경 쓰는 듯했다.

"폐하, '광부'만 모아서는 부족할 수도 있습니다. 사전에 생활이 곤궁한 자를 중심으로 '직업에 관한 특별 조치'를 교회와 얘기해 두는 편이 좋을지 모릅니다. 이건 우리 나라의 일대 산업이 될지도 모르는, 세계 최초의 '안전한 분'이니까요!"

재상 각하도 평소에 보기 드문 흥분한 말투로 폐하에게 진언했다.

국왕 폐하와 재상 각하, 재무경이 얼굴을 마주 보고 고개를 끄덕였다.

'직업에 관한 특별 조치'. 세례식에서 하사받은 '직업'을 신의 뜻이라 여기고 절대적인 것으로 간주하는 교회에게 다른 직업을 갖는 걸 인정하게 하는 조치라고 한다.

원래 신은 한 나라의 국민 수만큼 직업을 하사하지만 나라에 새 산업이 생긴 경우에는 신이 처음에 생각한 인원수로는 부족한 사태가 일어난다. 이번 건도 그렇고 새롭게 농지를 개척하는 경우가 그에 해당한다.

그런 경우에는 특별히 교회의 허가하에 그 조치가 행해진다. 그러면 세례식에서 받은 '직업 증명서'에 '특별히 광부로 취직하는 것을 인정한다.' 같은 설명이 추가된다고 한다.

그때, 올리버 씨가 보고를 계속하려고 목소리를 높였다.

"한 가지 더 보고드리고 싶은 것이 있습니다. 데이지 양이 이 '새로운 분'을 개발하면서 약제를 발견했습니다. 이게 그것인데 '아연화 전분'이라고 해서 습진이나 땀띠 같은 피부 질환에 바르면 효과가 있는 제품입니다. 이건 포션에 비해 매우 싸게 제공할 수 있습니다."

약간 통통한 재무경이 흥미가 있는지 올리버 씨가 내민 '아연화 전분'이 든 상자를 들고 바라보았다.

"이건 '아연화'와 감자에서 얻은 '전분'이라는 가루를 반씩 섞은 것입니다. 성분의 절반은 감자가 원료여서 포션이 천 릴레인 데 비해 이건 화장품 용기에 가득 담아서 판매해도 2백~3백 릴레로 제공 가능합니다.”

재무경이 그 가격을 듣고 “그것참 싸군!” 하고 반응했다.

“폐하, 우리 나라에서는 감자가 식량으로 사용할 정도의 양만 생산되고 있습니다. 개척민을 모집해서 농지를 개척할 필요가 있을 듯합니다. 농민이 부족할 것 같으면 이쪽도 ‘특별’ 조치를 취하지요.”

재상 각하가 즉시 나라의 감자 생산 상황을 설명했다.

“그 ‘전분’이라는 것은 어떻게 생산하지? 간단하게 생산할 수 있는 물건인가?”

‘아연화 전분’에 몹시 관심이 많아 보이는 재무경이 질문했다.

“이건 감자를 간 다음, 헝겊으로 감싸서 잘 주무르면 얻을 수 있습니다. 새롭게 감자 농가를 가꿀 농민의 부업으로 인정해 주신다면 그들도 감자만 생산하는 게 아니라 부가 가치가 있는 ‘전분’을 팔아서 수입을 늘릴 수 있고, 그 결과 세입이 증가할 것입니다.”

미나가 만들어 준 것을 보고 있던 내가 설명했다.

“내 땀띠도 낫고 세입도 증가한다라……. 훌륭하군.”

재무경이 작게 중얼거렸다.

땀띠로 고민했었구나……. 왠지 무척 기쁘다.

“그럼 농지 개척은 이 나라 영지 중 아직 개척되지 않은 곳에서 시행하기로 하지. 개척 사업을 담당할 귀족을 모집해라. 개척 결과에 따라서는 작위를 올려 주고 그 토지를 영지로 하사하겠다고 하면 희망도 많을 테고 성과를 내려고 노력할 테지."

폐하의 말에 두 분이 고개를 끄덕였다.

"그리고 광산에서는 아연과 견운모의 증산을 지시해라. 또, 교회와의 조정도 서둘러 준비하도록. 재상, 그대를 이 건의 총괄 역으로 임명하지."

국왕 폐하가 나라에서 관리할 사항을 정리하고 재상 각하에게 명령했다.

국가 차원에서 원재료 증산이 시작되면 카츄아 상회가 나설 차례다.

이리하여 거국적 사업이 움직이기 시작했고 '분' 소동은 마무리 단계에 접어들었다.

나와 아나 씨는 신제품 개발 권리를 카츄아 상회에 양도했고, 우리에게서 권리를 사들인 카츄아 상회는 '새로운 분'과 '아연화 전분'의 생산을 주도했다.

카츄아 상회는 먼저 안전한 '분'과 기존 상품의 무상 교환 건을 매우 성실하게 대응해 서서히 신뢰를 되찾았다.

이윽고 이 소동을 계기로 여성들을 위한 안전한 화장품 개발이 우리 나라를 대표하는 산업이 되었고 그 산업에 힘을 쏟은 점을 높이 평가받은 카츄아 상회는 크게 성장했다.

납이나 수은제 '분'을 수입하던 나라도 카츄아 상회의 안전한 '분'을 수입하면서 피해가 점차 줄었다.

  그리고 내가 개발한 '아연화 전분'은 값도 싸고 용량도 적당해서 판매가 시작되자마자 귀족부터 서민까지 폭넓게 사랑받는 약제로 보급되었다. 제조 및 판매권을 카츄아에게 팔긴 했지만 내가 탄생시킨 약은 후세에도 사람들에게 사랑받았다.

제8장 맛있는 걸 먹자!

'분' 소동이 마무리됐을 무렵, 아틀리에에 대량의 책이 도착했다. 왕비 전하가 약속하셨던 답례였다. 비싸고 귀중한 책이 한가득이다! 연금술을 시작으로 요리 도감, 식재 도감, 식물도감, 약초 도감, 광물 도감까지…… 도움이 될 것 같은 책은 전부 모았다는 양 산더미처럼 많았다.

"요리 도감이랑 식재 도감은 미나가 요긴히 쓰겠지?"

미나는 급료를 열심히 저축해서 요리책을 사 모았었다. 이걸 보면 분명 크게 기뻐하겠지!

나는 곧장 미나의 이름을 크게 불렀다. 그러자 주방에 있던 미나가 거실에 있는 내 곁으로 다가왔다.

"우와, 책이 무척 많네요! 어떻게 된 거예요?"

미나는 테이블 위에 있는 책의 제목을 둘러보다가 요리 도감과 식재 도감을 발견하더니 시선을 딱 멈췄다.

"요리 도감이랑 식재 도감이잖아요! 심지어 이렇게 두껍다니! 우와아아……. 읽고 싶어요! 데이지 님, 읽게 해 주세요!"

미나는 그 책들을 발견하고 감동했는지 가슴 앞으로 양손을 꼭 쥐고 눈을 반짝거렸다.

"저번에 헌상했던 물건의 답례로 받은 거야. 그 요리 도감
이랑 식재 도감은 미나한테 줄게. 맛있는 요리 기대할게!"

나는 책을 정리하며 "으랏차!" 하고 두꺼운 두 권의 책을
미나에게 건넸다.

"우와아, 무거워! 제가 받아도 될까요……!"

미나는 감동하면서도 당황했다.

"미나!"

그때, 마침 가게 밖에서 한 남자의 목소리가 들려왔다.

"어라. 항상 오는 모험가님의 목소리인가……? 잠시 실례
할게요!"

미나가 책을 원래 자리에 돌려놓고 계단을 내려갔다.

빵 공방으로 간 미나는 잠시 후 '블러드 카우'라는 소 모
양 마수의 두툼한 고깃덩이를 들고 돌아왔다. 블러드 카우
의 고기는 늙은 젖소로 만든 일반적인 고기보다 급이 높고
지방과 살코기의 밸런스가 좋아서 맛있는 게 특징이다.

"기념품이라고 하면서……. 주셨어요……."

"왜 준 걸까요?" 하고 고개를 갸웃거리는 미나. 응, 귀여워.

그런 식으로 귀여운 우리 가게의 간판 여직원을 노리는
거겠지……!

뭐, 그건 둘째 치고 한창 자랄 나이인 우리는 몹시 고급인

고기를 나눠 받았으니 어떻게 요리해 먹을지로 화제를 옮겼다.

"오늘 밤에는 클래식한 스테이크가 좋을까?"

역시 맛있는 소고기는 스테이크로 심플하게 먹는 게 맛있지. 그래서 그렇게 물어보았다.

"하지만 모처럼 요리 도감을 받았는데 좀 더 고민하는 게 어떨까요?"

미나는 그렇게 말하고 소고기를 냉장고에 넣으러 아래층 주방으로 이동했다. 그리고 거실로 돌아왔다.

"그러고 보니 최근에 남자 손님에게서 더 포만감을 주는 내용물이 든 빵을 먹고 싶다는 말을 들었어요."

거실에 새로 들인 책장에 책을 집어넣는 내 옆에서 미나가 테이블 옆 의자에 앉아 한숨을 내쉬며 턱을 괴었다.

좀 고민스러워 보이네……. 내가 도와줘야겠다!

"같이 빵 공방의 신작을 생각해 볼까? 같은 것만 계속 먹으면 손님도 질릴 거야!"

내가 싱긋 웃으며 제안하자, 미나는 기쁘게 눈동자를 반짝이며 고개를 크게 끄덕였다. 그리고 정리 중인 책더미 속에서 아까 건네받았다가 다시 내려놓았던 요리 도감을 끄집어냈다.

"뭔가 참고가 될 만한 게 있으려나요……."

미나는 그렇게 말하며 요리 도감의 페이지를 넘기기 시작했다. 나도 미나 옆에 앉아서 같이 책을 읽었다.

"말이나 소의 타르타르 스테이크……."

"빵에 생고기는 안 어울리지 않을까요?"

내가 언급한 그 페이지에는 다진 생 소고기가 그려져 있었다. 그 위에 곁들인 달걀을 주재료로 만든 것처럼 보이는 소스는 처음 봤다.

"그럼 굽자."

"왜 그냥 먹어도 맛있는 고기를 일부러 엉망으로 만든 다음에 다시 굽는지 모르겠어요……."

즉흥적으로 내뱉은 내 발언은 곧바로 미나에게 기각당할 뻔했다.

"아니, 들어 봐. 스테이크는 어린아이한테 질기잖아? 나, 어렸을 때 아버지랑 어머니가 스테이크를 맛있게 먹는 걸 보고 부러웠다고."

그러자 미나는 "그렇군요."라고 하더니 납득한 듯했다.

"한 번 다진 다음에 그걸 뭉쳐서 구우면 어린아이도 쉽게 먹을 스테이크가 될 것 같네요. 음식을 씹기 힘든 어르신들도 좋아할 것 같고……. 해 보죠!"

우리는 신작을 개발하려고 의기양양하게 주방으로 갔다.

그리고 손을 씻고 깨끗한 행주로 닦았다.

미나가 곧장 소고기를 다지려고 아까 받은 블러드 카우의 고기를 썰고 식칼 두 자루로 빠르게 두드렸다. 음, 능숙하네…….

"소금이랑 후추는 무조건 필요하겠죠……."

잘게 다진 고기를 요리용 볼에 넣고 가루 형태인 소금과 후추를 넣고 반죽했다. 그러자 고기에 찰기가 생기면서 덩어리로 뭉쳐질 듯한 상태가 되었다.

"이걸 시험 삼아 구울까요?"

프라이팬 위에 기름을 두르고 고깃덩이를 올려서 구웠다. 그걸 지켜보고 있자니 구워지는 고기 옆 프라이팬 바닥으로 육즙이 흘러나왔다.

"……왠지 흘러나오는 육즙이 아깝네."

"그렇네요. 이 기름이 맛있는데 말이에요."

약간 불안해진 우리는 둘이서 감상을 교환했다.

양면을 확실히 굽고 완성된 것을 시식했다.

입안에서 고기가 살살 녹는 느낌은 좋았지만 왠지 질 좋은 고기의 찌꺼기를 먹는 듯한 느낌이 들어 아쉬운 건 있었다. 그리고 아까운 육즙이 빠져나가는 게 분했다.

왜냐하면 프라이팬 위에는 고기에서 흘러나온 기름이 잔뜩 남았기 때문이다.

"어린아이도 맛있게 먹으려면 좀 더 부드러워야겠는걸요."

미나가 그렇게 말했다.

"육즙이 아까운데 못 흘러나오게 할 순 없을까?"

나도 욕심이 생겼다.

갑자기 두 가지 과제에 당면했다.

그렇지…… 감정으로 확인하면 해결되지 않을까?

한 입 남은 다진 고기 소테를 접시째 들고 주방의 식재가 있는 곳 주변에서 어슬렁거렸다.

[양파]

분류: 식품

품질: 보통

레어도: 보통

세부 사항: 생으로 먹으면 맵지만 볶으면 단맛이 나는 채소. 눈물을 흘리는 건 애교부리는 거야?

속마음: 볶은 나를 넣으면 그 아이를 부드럽게 만들어 줄게. 아, 대신에 제대로 식혀서 넣어야 해!

아…… 이거 괜찮아 보이네.

그리고 그 옆에 어제 팔다 남은 빵이 놓여 있었다.

[빵]

분류: 식품

품질: 저품질

레어도: 보통

세부 사항: 하루가 지나서 마른 빵.

속마음: 나를 잘게 다지면 빵가루가 돼. 육즙이 빠져나가

지 않게 해 줄게.

이거다……!
하지만 하루 지난 빵으로 되려나…….

[달걀]
분류: 식품
품질: 양질
레어도: 보통
세부 사항: 오늘 아침에 닭이 낳은 신선한 달걀.
속마음: 나를 넣으면 식감이 부드러워져. 고기도 단단히
뭉쳐 줄게.

왠지 잘될 것 같은 예감이 들기 시작했어……!
"달걀을 넣으면 고기가 잘 뭉칠 것 같지 않아? 그리고……
볶은 양파를 넣으면 단맛이 나서 어린아이가 좋아할 거야.
나머지는…… 건조된 빵을 잘게 다져서 넣으면 빠져나가는
기름을 흡수할 것 같은 느낌이 드는데……."
사실 아직 미나에게는 감정 스킬을 말하지 않아서 왜 그렇
게 생각했냐고 물으면 곤란하지만 적당히 연기해 제안했다.
"마른 빵이라니…… 어제 팔다 남은 빵 말이에요……?
뭐, 빵가루는 그렇게 만들긴 하지만, 그걸 튀김옷이 아니라
고기에 섞나요?"

미나는 말은 그렇게 하면서도 일단은 고용주의 요청이라 반신반의하는 느낌으로 개량품 제작에 도전했다.

먼저 빵을 잘게 갈았다.

"양파를 잘게 다지지 않으면 아마 고깃덩이가 갈라질 거예요."

미나는 그렇게 말하며 프라이팬에서 잘게 다진 양파를 색이 변할 때까지 볶았다.

"식힌 다음에 넣어야 해."

"안 그러면 고기 지방이 녹을 테니까요."

그리고 다시 고깃덩이 만들기로 돌아갔다.

잘게 다진 고기에 소금과 후추를 넣고 찰기가 생길 때까지 잘 반죽했다.

그런 다음에 달걀, 양파, 빵가루를 넣고 섞었다.

"아까 그냥 뭉치기만 했더니 틈이 생겨서 갈라졌으니 공기를 빼 볼까요."

미나는 1인분의 고깃덩이를 들고서 양손으로 번갈아 세게 치댔다.

그걸 기름을 두른 프라이팬에 굽기 시작하자 치이익 소리가 나며 고기가 구워지는 좋은 냄새가 났다.

"고기가 부풀면서 부피가 늘어났네요. 덜 구워지는 건 싫으니까 뒤집은 다음에 뚜껑을 닫고 찌듯이 익혀요."

슬슬 다 구워졌을까 했을 때, 가게가 한산해졌는지 마커스가 주방에 얼굴을 내밀었다.

"잠깐, 아까부터 둘이 맛있는 냄새를 풍기면 어떡해요~!"

한창 클 나이의 남자아이인 마커스는 고기를 굽는 냄새에 코를 벌름거렸다.

"이거, 맛있는 냄새가 나네요."

"마침 시식용으로 세 개를 구워서 마커스 몫도 있어요."

미나가 뚜껑을 열자 피어오르는 증기와 함께 식욕을 자극하는 구운 고기 냄새와 동그란 고깃덩이가 모습을 드러냈다.

"육즙은 아까보다 덜 흘러나온 것 같네요."

미나는 만족스럽게 꼬치구이용 꼬치를 고기에 꽂아 투명한 지방이 흘러나오는 모습을 확인했다.

"좋아, 안이 익은 것 같으니 시식해요!"

그 말에 마커스가 식기 선반에서 접시 세 개와 집게, 포크를 꺼내 테이블 위에 놓았다.

미나는 그 집게로 접시 위에 구운 고깃덩이를 한 개씩 올려놓았다.

"""잘 먹겠습니다!"""

포크로 한 입 크게 고기를 잘랐다. 그러자 육즙이 주르륵 흘러나왔다.

아…… 아까워!

황급히 포크를 꽂아 입안에 넣자 고기의 맛과 함께 육즙이 확 퍼졌다. 잘게 다진 고기는 입안에서 사르르 녹아 혀

끝에서 사라질 만큼 부드러웠다. 그리고 아까와는 달리 연하고 부들부들했다.

"""맛있어!"""
셋이서 극찬했다.
"이건 우리가 개발한 메뉴지? 으음, 이름은 어떻게 할까?"
나는 마지막 한 입을 우물거리며 아껴 먹듯이 꼭꼭 씹고 삼켰다.
"'사르르 스테이크' 어때요?"
미나가 제안했다.
"아, 그거 좋네! 어라……?"
다 먹은 접시에 남은 육즙이 하얗게 굳은 걸 발견했다. 예의에는 어긋나지만 그걸 손가락으로 훑어서 핥아 보니 맛있다고는 할 수 없는 맛이 났다. 난 그 점을 두 사람에게 말했다.
"그럼 포장용으로 가게에서 파는 빵에 넣으려면 느끼하지 않은 닭고기 계열의 크레이지 치킨이나 돼지고기 계열의 매드 피그의 고기로 바꾸는 편이 좋겠네요."
포장 판매용으로는 추가 개량이 필요할 듯하다.

◆

"미나, 안녕."
남녀 2인조 모험가가 찾아왔다. 그들은 이 빵 공방의 단골이다. 저번에 미나에게 고기를 선물한 것도 그 사람들이다.

"오늘은 신작 빵이 있어요. 드시고 가실래요?"

미나가 저번에 받은 선물의 감사 인사를 하고 웃으며 물었다.

"그럼 신작으로 줘. 음료는 차가운 홍차가 좋겠어."

"나도 같은 걸로."

"잠시만 기다리세요."

미나는 꾸벅 인사를 하고서 주방 안으로 들어갔다.

잠시 후, 음료와 신작 빵이 담긴 접시가 그들 앞에 놓였다. 신작 빵은 폭신폭신 빵을 반으로 자른 다음 저번에 데이지 일행이 개발한 갓 구운 '사르르 스테이크'와 동그랗게 자른 토마토를 끼운 빵이었다.

"크게 입을 벌리고 빵과 그사이에 든 걸 같이 드세요!"

미나의 말대로 둘은 입을 크게 벌리고 빵을 베어 물었다.

"이건…… 고기인가?"

"그런데 입안에서 부드럽게 녹네."

"저번에 받은 블러드 카우 고기에 영감을 받아서 만든 '사르르 스테이크'예요. 고기를 잘게 다지고 이것저것 섞어서 구우면 부드러운 스테이크가 돼요. 맛은 어떠세요?"

""맛있어!""

두 사람은 눈 깜짝할 사이에 빵을 먹어 치웠다.

맛있게 빵을 우물거리는 두 사람을 기쁜 표정으로 확인한 미나가 그 자리를 벗어났다.

'그림자…… 이 신작은 가족 몫을 모두 포장해 가야겠어.'

'그래, 꾸중 좀 듣겠는걸…… 새.'

두 사람은 몰래 비밀 이야기를 했다.

"미나, 이걸 선물용으로 네 개 사 가고 싶은데."

모험가 중 한 사람이 미나에게 주문했다.

"식어도 맛있는 다른 고기로 만든 것도 있는데, 그거랑 방금 것 중에 어느 쪽으로 하실래요?"

"방금 걸로!"

잠시 후, 미나가 갓 만든 빵을 들고 왔다.

"자, 여기요. 드시기 전에 오븐 같은 걸로 살짝 데우세요."

미나는 돈을 받고 아직 뜨끈한 빵을 가볍게 포장해서 건넸다.

""그럼, 또 올게!""

두 사람은 그렇게 말하며 가게를 뒤로하고 그늘에 숨었다.

"그럼 다녀오지……. 이후의 순찰은 부탁한다, '그림자'."

"알겠다…… '새'."

그 순간 '새'는 모습을 감췄고 텔레포트로 왕성에 있는 왕가의 주거 공간으로 순식간에 이동했다. 그리고 그녀는 재빠르게 가면으로 얼굴을 가렸다.

"폐하……."

"오오, '새'인가."

"폐하, 갑자기 나타나서 죄송합니다. 데이지 양의 가게에서 맛있는 신작이 판매되고 있어, 식기 전에 드셔 주십사하여 가지고 왔습니다. 놀랍게도 '사르르 스테이크'라는 걸 넣은 빵이라고 합니다."

"오오, 그거 기대되는군! 어서 가족을 불러라!"

국왕은 시종에게 지시를 내려 데이지 일행의 신작을 맛보기 위해 가족들을 불러 모았다.

그렇다. 그들은 '분' 소동 때 재상의 명령으로 이웃 나라의 상황을 순식간에 조사했던 암부의 엄청난 실력자들이다. 그 조사를 하루 만에 끝냈던 건 '새'의 특수 스킬이 있었기 때문이다.

그리고 그때 데이지가 '이야기에서 나오는 사람 같다'며 동경했던 '그림자'와 '새'가 항상은 아니지만 몰래 단골손님으로 위장해서 지켜 줬다는 사실을 데이지는 조금도 눈치채지 못했다.

그건 그렇고 참 평화로운 나라다. 감정 이상으로 희귀한 '텔레포트' 사용자를 데이지네 가게의 신작 배달꾼으로 쓰다니…….

서둘러 가족을 불러 모은 국왕을 바라보며 '새'는 그 평화를 만끽했다.

◆

그리고 또다시 며칠이 흘렀다. 나는 저번에 책에서 본 소고기 타르타르 스테이크에 곁들인 소스 이야기를 화제에 올렸다.

"있잖아, 미나. 저번에 그 소고기 타르타르 스테이크에 곁들여져 있던 소스, 맛있을 것 같지 않아? 감칠맛이 나고 중독성 있는 소스라잖아!"

그 소스는 예쁘게 플레이팅한 소고기 옆에 작게 곁들여져 있었다.

"마요네즈 말이에요?"

미나가 내가 펼쳐 놓은 요리책을 들여다보았다.

"마요네즈 섬에서 만든 걸 들여와서 그 섬의 이름을 따서 마요네즈라고 부르는군요."

미나가 재료를 체크하기 시작했다.

"주재료는 노른자위, 소금, 식초, 식물성 기름……. 어떻게 하면 달걀, 기름, 식초가 이런 상태가 되는지 모르겠네요……."

"만들어 보자!"

나는 미나에게 최근에 산 거품기(가느다란 나뭇가지들을 한 다발로 묶은 것)를 내밀었다.

"포크로는 거품을 내기 힘들 것 같아서 거품기를 사 뒀어!"

나는 그렇게 말하며 미나에게 거품기를 건넸다.

"뭐, 주인이 먹고 싶어 하는 걸 만드는 것도 제가 할 일이니까요……. 볼을 꺼내서……."

미나는 요리용 볼 안에 달걀을 깨서 넣은 후 소금과 후추를 추가했다. 그리고 그걸 깔끔하게 섞었다.

"그 다음에 분리되지 않게 조금씩 기름을 넣습니다……."

미나는 책을 확인하며 조금씩 기름을 섞었다. 그러자 달걀물이 짙은 노란색에서 점차 하얘지면서 연한 노란색의 찰기가 있는 소스로 변했다.

감정으로 확인하니 만들고 며칠간 숙성시키지 않으면 식중독을 일으킨다고 나와서, 그 내용을 넌지시 충고하고 며칠 기다리기로 했다.

그리고 며칠이 지나고 둘이서 마요네즈를 떠서 맛보았다.

""맛있어!""

"이걸 뿌리면 어린아이들이 이 소스를 맛보려고 싫어하는 채소도 먹지 않을까요?"

미나가 긴 꼬리 끝을 돌리고 까딱거리면서 말했다. 무척 마음에 든 듯했다.

"으음, 남자 손님이 기대하는 '포만감 있는 음식'에 이걸 뿌리면 꽤 좋아하지 않을까?"

물론 내가 구체적으로 구상한 건 아니지만 일할 때 체력이 중요한 남자라면 맛이 진한 음식에 더 진한 소스를 올려도 어필될 듯한 기분이 들었다.

그때, 주방 테이블 위에 놓인 병 안에 빵가루가 들어 있는 것을 발견했다.

"미나, 오늘 저녁의 주재료는 뭐야?"

"크레이지 치킨 소테를 만들려고 생각 중이에요."

미나의 대답에 나는 빵가루를 들고 냉장고 안을 들여다보

앉는데 거기에는 크레이지 치킨의 가슴살이 들어 있었다.

[빵가루]

분류: 식품

품질: 보통

레어도: 보통

세부 사항: 건조한 빵을 잘게 다진 것. 고기나 생선에 묻혀서 튀기면 일품.

속마음: 밀가루랑 달걀물을 그 가슴살에 입힌 다음 날 묻혀서 튀겨 봐! 일품이라고!

일품이라…… 먹고 보고 싶어!

"있잖아, 미나. 이 고기를 식물성 기름으로 튀겨 보고 싶은데 부탁해도 될까?"

"고기를 식물성 기름으로 튀긴다고요……?"

미나는 이해가 안 된다는 표정으로 고개를 갸웃거렸다.

"실패하면 고기는 다시 사면 되잖아! 응? 부탁해!"

나는 미나를 보고 양손을 맞잡으며 부탁했다.

"뭐, 데이지 님의 감은 의외로 잘 맞으니까요……. 한번 해 보죠, 뭐! 그건 그렇고 이번에는 식물성 기름으로 튀기고 싶다니…… 그건 고급품인데 참 사치스러운 말씀을 하시네요."

아니, 감이 아닌데……. 그냥 그런 걸로 해 두자. 그리고 식물성 기름으로 요리를 만드는 게 사치인 것도 인정하자. 나는 감정이 추천하는 맛있는 튀김 요리를 먹어 보고 싶으니까!

이 세상에는 버터나 돼지기름처럼 동물성 기름으로 튀긴 커틀릿 같은 요리는 있지만, 식물성 기름을 사용해서 튀기는 요리는 없다(정확히는 있는지 모른다).

동물에게서 얻는 동물성 유지는 널리 보급되어 있지만, 식물에서 얻는 기름은 극소량이고 공정이 어려워서 기본적으로 미나 말대로 고급품이라 일반적인 가격에 팔지 않는다.

하지만 감정이 추천한 거라면 분명히 맛있을 것 같아! 먹어 보고 싶어!

그래서 나는 감정이 추천(?)한 대로 미나에게 가슴살의 가공법을 알려 주었다.

그걸 들은 미나는 프라이팬에 기름을 넣어 준비한 뒤 불 위에 올렸다. 그리고 가슴살을 얇게 썰어서 쪼그라드는 걸 막고자 칼등으로 단단히 두드린 다음 소금과 후추로 간했다. 거기에 밀가루를 묻히고 달걀물을 발라 끝으로 빵가루를 입혔다.

"데이지 님 말대로 하니까 빵가루가 잔뜩 달라붙었네요! 그럼…… 기름이 뜨거워진 모양이니 튀길게요!"

미나가 프라이팬에 고기를 넣자 치이익, 하는 소리와 함께 빵가루 옷을 입힌 고기에서 거품이 일었다. 잠시 후, 튀김옷이 노릇노릇한 색으로 변하면서 가라앉았던 고기가 위로 떠올랐다.

"음, 좋은 느낌이네요. 과연 먹으면 식감이 날까요!"

미나가 집게로 고기를 집자 바삭, 하고 가벼운 소리가 났다. 사치스럽게 식물성 기름으로 튀긴 빵가루에서는 향긋한 냄새가 풍겼다.

"기름이 꽤 많이 묻었는데 어떡하죠……?"

"소쿠리로 못 털어내려나? 아, 하지만 이건 목제라서 기름이 스며들지도……."

볼과 소쿠리를 들고 오긴 했는데 목제라서 안 되겠다 싶었다.

"튀김 전용으로 쓰는 걸로 하죠. 데이지 님, 집게도 포함해서 나중에 새 걸 사게 해 주세요."

미나가 든 집게를 보니 목제였다. 나는 알겠다고 하며 고개를 끄덕였다.

"그럼…… 시식할까요."

미나가 도마 위에서 기름을 털어낸 튀김을 삼등분했다. 그리고 작은 접시 세 개에 튀김을 올리고 마요네즈를 곁들였다.

"마커스~! 방금 만든 걸 시식하려는 참이니까 일이 한가해지면 와!"

나는 가게를 지키는 마커스에게 말을 걸었다.

"지금 갑니다!"

서둘러 달려온 마커스가 시식에 참가했다.

""잘 먹겠습니다!""

먼저 한입 크기로 자른 크레이지 치킨 가슴살 반쪽을 그냥 먹었다.

"앗뜨……!"

뜨거워……!

조심하지 않으면 입안을 데일 것 같다.

그래도 겉 부분의 바삭바삭한 튀김옷의 식감은 경쾌했고, 튀김옷의 가장 안쪽은 육즙을 흡수했는지 짭짤함과 닭고기의 향이 느껴져 황홀했다. 그리고 가장 중요한 고기도 부드럽고 촉촉해서 맛있었다.

남은 한입은 마요네즈를 찍어서 먹었다.

"맛있어~!"

담백한 가슴살에 짭짤함과 감칠맛, 그리고 산뜻한 산미가 더해져서 정말 맛있어!

"마요네즈에는 다진 피클을 넣어도 괜찮을 것 같네요……. 조금 더 이것저것 생각할게요!"

미나는 처음에는 반신반의했던 튀김 요리에 만족했는지 창작 의욕이 솟구친 듯했다.

참고로 미나가 고안한 피클을 넣은 마요네즈에는 삶은 계란을 다진 것까지 추가해 완성했다. 그 소스는 소고기 '타르타르 스테이크'에 곁들인 소스를 보고 고안한 것이어서 '타르타르 소스'라고 이름을 붙였다.

◆

다음 날.

'그림자'와 '새'는 오늘도 모험가로 위장해 아틀리에 데 이지에 찾아왔다.

그리고 오늘의 신작이라는 '타르타르 소스를 뿌린 가슴살 튀김'이 들어간 폭신폭신 빵을 베어 물었다.

"'그림자'……!"

"'새'……!"

그들은 작은 목소리로 확인하고서 고개를 마주 끄덕였다.

이거 맛있는데! 그들은 그렇게 확신했다.

그리고 저번과 마찬가지로 미나에게 선물용으로 추가 주문해서 제품을 받아들고는 뒷골목에 숨었다. 주위를 확인한 '새'는 성으로 이동했다.

"우리 나라는 오늘도 평화롭구나."

뒷골목에 혼자 남겨진 '그림자'라 불리는 남자는 그렇게 중얼거렸다. 자신들이 다른 임무로 차출되지 않았다는 건 지금 이 나라가 평화롭다는 뜻이다.

'그림자'는 이런 오늘에 신을 향한 감사를 담아 눈을 감았다.

◆

그 후로도 요리 개발은 계속됐다.

어느 날, '요리 도감'을 읽던 나는 저번에 만든 '신선 치즈'가 아니라 '세미하드 치즈'라는 게 자주 나온다는 사실을 깨달았다.

홍화 씨앗이 아직 남아 있었지……?

좋아. 이 오래 보존할 수 있다는 세미하드 치즈가 있으면 미나의 레시피 폭도 넓어질 게 분명해!

"만들어 보자!"

나는 주방으로 이동했다.

만드는 법은 도중까지 똑같으니까 기억을 떠올리면서 해 보자!

홍화 씨앗에서 성분을 추출한다.

절구로 씨앗을 으깬 뒤 소량의 우유에 담근다. 씨앗 성분이 우유에 스며들 때까지 휘저으며 마력을 주입한다.

씨앗 진액이 우유에 충분히 녹아들면 천으로 거르고 그 우유를 잠시 놓아둔다.

냄비에 우유를 넣고 가열기로 데워서 손끝으로 만질 수 있을 정도의 온도로 만든 다음 아까 그 홍화 진액이 든 우유를 넣는다. 불을 끄고 연금 발효를 시키면 우유가 요구르트에서 푸딩 사이 느낌으로 굳는데, 이걸 식칼로 검지 한 마디 길이만큼의 간격으로 가로세로로 썬다.

잠시 후에 수분이 스며 나오면 약불로 데운다. 천천히 밑바닥까지 젓고 나면 다시 온도를 미지근한 목욕물 정도로 천천히 올린다. 온도가 오르면 불을 끈 뒤 뚜껑을 덮고 4시간 정도 방치한다.

4시간이 지나 고형과 액체로 나뉘면 소쿠리로 고형 부분을 모은다.

여기까지는 신선 치즈를 만드는 법과 같다. 이제부터 예전에 만들었던 방법과 달라진다!

구멍이 뚫린 도자기 그릇에 모은 고형 부분을 넣고, 위를 꾹 누를 수 있도록 그릇보다 살짝 작은 크기의 동그란 나무 뚜껑을 준비한다.

그 작은 뚜껑으로 상부를 닫고 누름돌 같은 걸로 꾹 누른다. 교회의 종이 다섯 번 울릴 시간에서 반나절 정도 그 상태를 유지한다. 그러면 안의 수분이 더욱 빠져나간다.

그 과정이 끝나면 이번에는 용기에서 꺼내 소금물에 담가 놓고 하루 동안 방치한다.

……동글동글 치즈처럼 뜨겁고 힘든 작업은 없지만 시간이 꽤 오래 걸리네.

그 다음에 해가 안 들고 바람이 잘 통하는 시원한 곳에서 하루 동안 건조시킨다.

자, 이제 연금술사가 활약할 차례다!

장기간 자연에 숙성시켜야 하는 치즈를 연금술로 단숨에 숙성시키는 것이다!

우선 마른 천을 준비한다. 마력을 주입해 숙성과 건조를 촉진시키다가 중간에 준비한 마른 천으로 닦으니 하얗던 표면이 점차 노란색을 띠기 시작했다.

자연에서 숙성시킬 때도 최소한 1개월에서 48개월은 걸리기 때문에 연금 숙성으로 그 시간을 단축시키는 것도 제법 오래 걸렸다. 틈틈이 치즈 위에 손바닥을 올리고 마력으로 숙성을 촉진시킨 후 천으로 닦아 주기를 반복하니……

　노란색을 띤 딱딱하고 동그란(도자기 그릇 모양) 치즈 완성!

　"미나~! 마커스~! 새로운 치즈가 완성됐어!"

　""네~! 지금 가요!""

　기운찬 대답이 들려오며 미나와 마커스가 각자의 대기 장소에서 실험실로 들어왔다.

　모두 모였으니 갓 완성된 세미하드 치즈를 나이프로 잘랐다. 그리고 새끼손가락 끄트머리 크기로 자른 치즈를 접시에 담았다.

　"""맛있어!"""

　바깥 표피 부분은 너무 딱딱해서 먹을 수 없었지만, 그 부분을 제거하고 입안에 넣으니 짭짤함과 견과류의 고소함 같은 게 입안 가득 퍼지며 치즈가 혀 위에서 부드럽게 녹았다.

　"혀 위에서 녹는다는 건, 가열해서 요리로 만들면 녹는다는 뜻……! 이 치즈, 오늘 저녁 요리에 사용해요!"

　그 치즈가 어딘가 미나의 감성을 건드린 듯했다.

　그날 밤, 나와 마커스는 주요리를 먹고 몹시 흥분했다.

　치즈를 막대 크기로 잘라서 얇게 썬 닭가슴살로 만 다음 그 위를 다시 햄으로 둘러서 튀긴 오리지널 튀김이었기 때문이다!

"갓 튀겨서 뜨끈뜨끈할 때 드세요! 치즈가 녹아서 새어 나올 거예요!"

미나가 갓 만든 뜨거운 튀김을 준비했다.

"우와, 안의 치즈가 쭉쭉 늘어나!"

마커스는 쭉쭉 늘어나는 치즈에 푹 빠졌다.

"햄을 추가하길 잘했어, 미나. 이것만 먹어도 맛있어!"

그렇게 극찬을 하며 다 같이 뜨끈뜨끈한 신작을 즐겼다.

◆

장소가 바뀌어, 이곳은 식물의 정령이 사는 영계.

밝은 햇살이 비추고 새잎이 싹트는 항상 봄인 세계다. 온통 식물로 뒤덮인 곳을 요정들이 마음껏 날아다니고 정령들이 나무와 대화를 나눴다.

그곳에서 식물의 정령왕이 부드러운 새잎 위에 앉아, 살짝 깊이가 있는 접시에 물을 가득 담고 연꽃 한 송이를 띄운 수경으로 뜨끈뜨끈한 치즈 튀김을 맛있게 먹는 데이지의 미소를 지켜보았다.

아이들이 사이좋게 맛있는 식사를 즐기는 모습에 정령왕의 마음이 훈훈해졌다.

"음, 오늘도 건강해 보이는구나. 맛있는 걸 먹어서 행복해 보여."

그렇게 중얼거리는 식물의 정령왕 곁으로 흙의 정령왕이 다가왔다.

"이봐, 또 보고 있는 거야? 정말이지, 그 아이를 어지간히도 총애하는군."

수경 옆에 앉은 식물의 정령왕 반대편에 자리를 잡은 흙의 정령왕이 몸을 숙여서 수경을 들여다보았다.

"오오, 맛있게 먹네. 뭐, 저런 미소를 볼 수 있다면 엿보고 싶을 만도 하지."

처음에는 어이없어하던 흙의 정령왕도 같이 수경 속을 구경했다. 사랑스러운 아이들의 모습에 그의 입가에 온화한 미소가 떠올랐다.

정령계도 참 평화롭다…….

제9장 소재를 채집하러 가자!

살쪘어…….

뭐랄까, 배꼽 아랫부분이 살짝 볼록해진 것 같아.

"데이지 님, 조금 통통해지시지 않았나요?"

미나가 조심스럽게 물었다.

"미나도 뭔가 볼이 오동통해졌는데?"

나도 질세라 미나에게 지적하며 손가락으로 볼을 쿡쿡 찔렀다.

"저는 별로 안 변했는데요?"

심부름 담당 마커스는 업무에 포함된 심부름을 해서 그 운동량 때문인지 체형이 별로 안 변했다.

"최근에 신작을 개발하면서 시식만 해 댔잖아요. 너무 많이 먹어서 그래요."

그렇게 말하며 나와 미나를 번갈아 보는 마커스.

""섬세하지 못하기는!""

마커스는 우리에게 양쪽 따귀를 얻어맞았다.

그때, 마르크와 레티아가 린을 데리고 찾아왔다. 린 옆에는 성수인 새끼 사자 모습의 레온이 있었다.

레온은 리프 곁으로 달려와 코끝을 비비며 인사를 나눴다.

"오랜만이야, 데이지! 어라? 조금 살쪘네?"

만나자마자 그렇게 말한 마르크도 점프한 나에게 따귀를 얻어맞았다.

"그게 여자랑 만나자마자 할 말이야?!"

뺨을 부여잡은 마르크에게 린이 어이 없다는 표정을 지었다. 레티아도 그 옆에서 고개를 끄덕였다. 당연하지!

"너무해. 모처럼 소재를 채집하러 갈 여유가 생겨서 권유하러 왔는데."

마르크가 입을 삐죽였다.

소재 채집……!

"가고 싶어! 현자의 허브랑 치유의 이끼를 채집하러 가고 싶어!"

나는 모험을 떠날 수 있다는 두근거림에 양 주먹을 꼭 쥐고 몸을 앞으로 내밀며 대답했다.

"아, 전에 그게 필요하다고 했지. 어디 있는지 알아냈어?"

린이 물었다.

그렇다. 전에 마르크, 레티아, 린과 대화했을 때 필요하다고 했던 소재. 상급 마나 포션의 소재다!

그 후에 왕비 전하께 받은 '소재 도감'으로 자라는 장소를 조사해 뒀다고.

"각각 '현자의 탑' 주변과 '이끼투성이 치유의 동굴' 안에 자란대."

레티아는 고개를 끄덕이며 지도를 펼쳤다.

"그렇다면 일단 '현자의 탑'이 있는 북서쪽 산악 지대부터 가고, 거기에서 동쪽으로 산을 따라가면 동굴도 들를 수 있겠네."

레티아가 나한테 지도가 잘 보이도록 몸을 살짝 굽히고 손가락으로 지도를 덧그리며 길을 가르쳐 주었다.

"산악 지대를 따라간다고 하니, 덤으로 좋은 광석도 캘 수 있었으면 좋겠다."

린도 함께 갈 생각으로 가득해 보였다.

"그럼 넷이서 가기로 하자. 데이지는 장비 갖고 있어?"

"여덟 살 때 맞춘 마술사용 로브가 있어. 크게 만들었으니까 아직 입을 수 있을 거야. 그리고 얇은 승마용 바지를 입으면 리프를 타고 갈 수 있어."

내가 그렇게 말하자, 레온과 인사를 하던 리프가 내 곁으로 다가와 펑 소리를 내고 커다란 펜릴의 모습으로 변했다. 린 옆에서도 레온이 근사한 갈기가 달린 어른 수컷 사자의 모습으로 돌아왔다.

"그럼 우리 둘이랑 린은 항상 착용하는 소재 채집용 장비가 있으니까 다 같이 갈 수 있겠다. 내일 당장에라도 나갈수 있어?"

마르크의 질문에 나는 미나와 마커스가 서 있는 곳을 돌아보았다.

""가게는 저희에게 맡기세요!""

"고마워! 내가 없는 동안 잘 부탁해!"

그리하여 나는 친가를 나온 후 처음으로 목 빠지게 기다렸던 소재 채집을 하러 가게 됐다.

신난다──!

그리고 다음 날.

나는 옛날에 맞춘 로브와 얇은 승마용 바지를 입고 핸드백을 어깨에 걸쳤다. 이 핸드백은 공간 마도사와 부여 마법사에게 부탁해서 공간 마법과 시간 정지 마법을 부여해서 겉으로 보이는 것보다 내용물이 많이 들어간다. 심지어 내용물의 무게가 전혀 느껴지지 않게 특수 가공까지 했다. 내가 자랑하는 일품이니만큼 포션 병을 가득 넣었지!

이윽고 집합 시간이 되어 모두가 모였다. 레티아와 마르크는 말을 타고, 나와 린은 각자 성수에 탔다. 두 성수는 모두 타기 쉽도록 안장이 설치되어 있었다.

집합 장소는 내 아틀리에 앞. 내 아틀리에는 왕도 북서문 바로 근처에 있어서 곧장 마을을 나갈 수 있기 때문이다.

그곳으로 나간 나는 린의 차림을 보고 놀랐다.

모험가 마르크와 레티아의 장비는 평소와 같아서 낯익었지만, 린은 가죽 갑옷을 입고 놀랍게도 등에 거대한 망치를 짊어지고 있었다.

"저기, 린. 그게 네 무기야?"

……아니, 나랑 비슷한 작은 체구인데 그걸 다룬다고?

"드워프니까! 힘에는 자신 있어! 드워프는 중갑 기사의 핏줄이기도 하거든!"
린은 그렇게 말하며 한 손(!)을 등 뒤로 돌리더니 짊어진 망치를 휙 뽑아 휘둘렀다!
"봤지?"
린은 한쪽 눈을 감으며 윙크를 했다.

뭐라 대답해야 할지…….
드워프의 피란 대단하구나. 도대체 몸이 어떤 구조로 되어 있는 거야?

"미나, 마커스, 다녀올게!"
""다녀오세요!""
미나와 마커스가 아틀리에를 뒤로하는 우리를 배웅했다.
그리하여 마르크와 레티아는 모험가 길드증을, 나와 린은 상업 길드의 길드원증을 신분증으로 제출하고 왕도의 문을 나섰다.

"우와아아아――!"

문을 나서자 주위에는 도로를 제외하면 온통 드넓은 초록색 초원이 펼쳐졌고 하늘은 구름 한 점 없이 푸르렀다. 이따금 상쾌한 바람이 발치의 풀밭을 흔들었다.

왕도의 문 밖으로 나오는 건 아버지와 소재 채집하러 갔을 때 이후로 2년 만이네!

나는 해방감이 들어서 양팔을 하늘로 뻗었다.

"데이지 님, 위험하니 제대로 고삐를 잡으십시오."

나는 너무 신이 난 나머지 바로 리프에게 혼나고 말았다.

"그래, 앞으로 실컷 달려야 하니까 고삐를 꽉 잡아."

그리고 우리는 북서쪽에 있다는 '현자의 탑'으로 향했다.

우리 나라는 왕도가 국토 북쪽 중앙에 있고 북부엔 높은 암산이 있다. 그곳 정상은 만년설로 하얗게 뒤덮일 만큼 높다.

그 산은 다양한 광물 자원을 베풀며 우리 나라의 경제를 지탱한다. 예를 들어 예전에 새로운 분을 개발할 때 썼던 견운모와 아연도 산이 베푼 은혜 중 하나이다.

또한 산기슭에는 사람의 손길이 닿지 않은 무성한 숲이 많아서, 그곳이 마수의 거처가 되고 있다.

우리는 드높이 솟은 산과 숲을 배경으로 왕도 북서문을 나와 말과 성수를 타고 도로를 따라 달렸다.

우리가 향하는 북서 방향으로 숲의 나무에 가려진 '현자의 탑'의 아득히 높은 정상부가 살짝 보였다.

저곳이 첫 번째 목적지다.

"잠시 도로를 따라 달릴 텐데, 숲 근처를 지날 때는 거기서 마수가 나올지도 모르니까 조심해."

중갑 전사 마르크가 선두에서 말을 타고 달리며 이번 여정의 주의점을 설명했다.

"이런…… 호랑이도 제 말 하면 온다더니!"

마침 숲속을 가로질러 난 도로 양쪽 풀숲에서 부스럭거리는 소리가 나며 늑대와 닮은 모습의 짐승 무리가 모습을 드러냈다. 우리는 멈춰서 경계 태세에 들어갔다.

"다이어 울프야. 그렇게 강하지는 않지만 무리 지어 다니니까 조심해, 간다!"

"아이스 스톰!"

내가 먼저 얼음 마법으로 발을 묶었다. 그래, 예전에 아버지에게 배웠던 대로야!

그러자 마수 무리 중 반이 발이 얼어 움직이지 못했다.

"좋아, 나이스 어시스트! 레티아, 린, 간다!"

마르크의 말에 세 사람은 발이 안 묶인 울프부터 처리했다.

마르크의 무기는 핼버드. '도끼창'이라고도 불리는 중갑 전사용 무기로 끝부분이 창처럼 가느다랗고 날카롭다. 그리고 한쪽에 커다란 도끼날이 달렸고, 그 반대쪽에 픽이라고 불리는 예리한 돌기가 달렸다.

마르크는 상황에 따라 능숙하게 무기를 돌려 쓰며 말을 탄 채 울프의 목을 베거나 도끼날로 머리를 갈랐다.

레티아의 무기는 예전에 왕도의 전투에서 봤던 서양식 검에서 '카타나'라는 신기한 검으로 바뀌어 있었다. '고대의 용사'가 대장장이에게 전해 줬다고 알려졌으며, 칼날이 예리하고 칼끝으로 찌를 수도 있는 오래된 무기다.

레티아는 말을 자유자재로 조종하며 울프의 공격을 피하고 치명상이 되는 부분이나 다리처럼 움직임과 관련된 부위를 예리한 칼날로 깔끔하게 벴다.

대단한 건 린이었다. 레온 위에서 한 손으로 거대한 망치를 휘두르며 그걸로 울프의 머리를 내려치고 울프가 뇌진탕으로 쓰러지자 망치를 양손으로 고쳐 쥐고 위에서 콰직……! 우와, 머리가 납작해졌다! 치명상을 입힌 모습은 린이 제일 잔인할지도……. 왜냐하면 납작해진 머릿속의 내용물이…….

나는 전선에서 싸우는 세 사람을 방해하지 않게 거리를 두고 마법으로 공격했다.

"에어 커터!"

손바닥에서 날아간 진공의 칼날이 울프를 덮쳤고 목을 갈기갈기 찢으며 치명상을 입혔다.

어렸을 때부터 마법 훈련과 마력을 다 쓰고 잠드는 트레이닝을 해 온 덕에 나도 몸을 지키는 기술을 제대로 익혔다.

이윽고 열 마리 정도였던 무리가 전멸했다.

참고로 내 스테이터스는 현재 이런 식으로 성장했다.

[데이지 폰 프레스라리아]

자작 가문의 차녀

체력: 120/120

마력: 4520/4525

직업: 연금술사

스킬: (감정(6/10), 식물 마법(MAX)) 연금술(6/10), 바람 마법(6/10), 물 마법(6/10), 흙 마법(5/10) (은폐)

상벌: 없음

재능: (식물의 정령왕이 총애하는 아이) 없음

칭호: (성수의 주인) 왕실 공식 연금술사, 여자 피부의 구세주

내가 만든 훈련법 덕이지만 총 마력량이 어마어마한걸.

아 참, '식물 마법'이라는 낯선 스킬이 늘었는데 이건 아마 식물의 정령왕님의 영향일 것이다. 전에 썼던 '로즈 윕'이 식물 마법에 해당한다. 수치가 MAX이긴 하지만 아직 다른 마법은 배우지 않았다.

연금술만 쓰지 말고 리프한테 배워둘 걸 그랬나? MAX라는 건 배우기만 하면 사용 가능하다는 뜻이지?

감정 레벨도 오른 듯했다.

'칭호'라는 게 늘었는데……. 왕실 공식 연금술사가 된 기억은 없는데 이상하네. 그리고 분 사건 때문이겠지만 '피부의 구세주'도 칭호라고 봐야 하나?

뭐, 내 스테이터스 이야기는 이쯤 하고…….

레티아가 울프의 사체를 소재로 쓰려고 매직 백에 넣기 시작했을 때, 또 바스락 하고 잎이 흔들리는 소리가 들렸다. 낮게 자란 나무 안쪽에서 이쪽으로 거대한 그림자가 다가왔다.

"피 냄새를 맡고 온 이 무리의 보스인가……."

아까 왔던 무리가 끝인 줄 알았던 레티아는 지긋지긋하다는 듯이 혀를 찼다.

거대한 그림자가 초목을 가르며 모습을 드러냈다.

이마엔 하얗고 예리한 뿔이 돋았고 입 밖에 흉악하고 두꺼운 송곳니가 드러났다. 다른 다이어 울프보다 두 배는 큰 체구는 펜릴과 엇비슷할 정도였다. 형형히 빛나는 눈은 황금색이다. 다이어 울프는 야생 짐승이지 마수는 아닐 텐데…….

"칫. 무리의 보스가 마수화 했나……. 이런 곳에 이 놈이 있으면 광부가 이동하는 데에도 지장이 생겨. 제거한다! 린과 데이지는 무리하지 마!"

""응!""

"아이스 스톰!"

나는 다른 다이어 울프한테 한 것처럼 마수의 발을 노렸다. 그러나 마수가 내가 얼리려 했던 부분이 얼기 직전에 있는 힘껏 뒷발을 차며 피하는 바람에 실패했다.

마수는 반격하듯이 선두에 있던 마르크를 향해 두 발로 일어서서 예리한 발톱을 휘둘렀다. 그 일격은 마르크가 헬버드 자루로 막았다. 그러자 마수가 반대쪽 발을 휘두르려 했을 때…… 레티아가 사이에 끼어들어 마수가 휘두르려던

발을 칼날로 베어 막았다.

한쪽 발은 마르크의 핼버드 자루가 움직임을 막고 있고, 다른 쪽 발은 레티아의 카타나 칼날에 막혔다. 두 다리로 일어선 마수의 복부는 무방비했다.

"빈틈 발견!"

그때, 린이 망치 자루를 양손으로 움켜쥐고 달려가더니 마수의 배에 기세 좋게 망치를 휘둘렀다. 마수는 그 기세에 뒤쪽으로 날아가 등 뒤에 있던 나무에 부딪혔고, 쩌저적 하는 소리를 내며 부러지는 나무와 함께 그대로 뒤로 쓰러졌다.

"하압!"

마르크가 땅을 박차고 높이 뛰어올라, 위를 보고 쓰러진 마수의 머리에 핼버드의 도끼날을 내리꽂았다. 쩍, 하고 딱딱한 것이 쪼개지는 기분 나쁜 소리가 나며 마수의 두개골이 갈라졌고 숨통이 끊어졌다.

"짐승이 배를 보이다니, 이 자식은 바보인가?"

린은 이런 마수를 만났는데도 아무렇지도 않아 보였고, 심지어 상대를 바보 취급했다.

너무 강해, 이 세 사람……!

결국 마수의 아종을 상대로 전력이 되지 못한 나는 멍하니 세 사람을 바라볼 뿐이었다.

마수화한 다이어 울프(?)도 무사히 해치웠다. 레티아는 그 사체를 매직 백 안에 집어넣었다.

"이 아종은 팔리려나?"

레티아는 이 희귀한 소재의 가격이 궁금한 듯했다.

"모피가 훌륭한 데다가 아종은 보기 드무니까 박제하고 싶은 귀족도 있지 않을까?"

"그런가."

마르크가 대답하자, 레티아는 짧게 응수하면서도 만족스럽게 미소를 지었다.

어라, 레티아의 팔에 베인 상처가 있네.

"다쳤네, 치료해 줄게."

나는 핸드백에서 포션 병을 꺼냈다.

"아니, 이 정도는 내버려 둬도 괜찮아."

"그게 아니라 잠시 실험하고 싶어서 그러니까 협조해 줘."

거절하는 레티아를 제지한 나는 포션 병을 열었다. 그리고 위를 향해 펼친 '내' 손바닥 위로 뚜껑을 연 포션 병을 기울였다.

"뭐야? 왜 아깝게……."

레티아의 쓴소리가 도중에 멈췄다.

왜냐하면 흘러내려야 할 포션이 내 손바닥 위에 구체가 되어 떠 있었기 때문이다.

"""……."""

세 사람 다 말을 잃은 듯했다.

레티아한테서 살짝 떨어져야지……. 나는 회복시킬 대상

인 레티아에게서 거리를 뒀다.

그리고…….

"가라, 포션탄!"

레티아의 팔에 난 상처를 향해 포션 덩어리를 발사했다!

팔의 상처에 명중한 포션은 레티아의 팔을 깨끗하게 치료했다.

"""" ㅇ_ㅇ_ㅇ_응?""""

"포션탄은 또 뭐야, 그런 건 난생처음 듣는다!"

모든 자초지종을 지켜보던 마르크가 어처구니없다는 표정을 지었다.

"포션과 물 마법의 컬래버레이션이야. 이러면 전투 중에도 치료 마법처럼 멀리서 치료할 수 있잖아! 나도 회복사처럼 도움이 되고 싶단 말이야!"

실험이 성공했다는 사실에 무척 만족한 나는 엣헴, 하고 가슴을 폈다.

"호위 대상인 연금술사가 이상해."

레티아가 작게 중얼거렸다.

"그건 린도 마찬가지 아니야?! 전선에서 전투하는 호위 대상이 어디 있어!"

나는 한 손으로 가볍게 망치를 짊어진 린을 가리켰다.

"나는 이러니저러니 해도 드워프잖아! 이 정도 힘은 갖고 있는 게 당연하지!"

"그게 더 이상해!"

"아니, 네가 더 이상해."

마르크와 레티아가 말다툼하는 우리를 바라보았다.

"있잖아, 마르크."

"응? 왜 그래, 레티아."

"호위 임무라기보다 오히려 전력이 증가한 거 아니야?"

"우리 A랭크 모험가의 전투에 아무렇지도 않게 따라오는 흉악한 망치 소녀와 회복사인지 마술사인지 연금술사인지 모를 후위인가……."

"차라리 이 아이들을 모험가로 등록시키고 파티를 짜도 좋을 것 같은데……."

"그러게……."

"언젠가 이 멤버로 드래곤을 무찌른다든가."

"그리고 저 아이들한테 그 소재로 드래곤 버스터랑 드래곤 스케일메일을 만들어 달라고 하는 거지."

"마르크, 순서가 묘하게 이상해. 드래곤을 무찌르는 데에 드래곤 버스터가 필요하잖아."

"그랬지."

"뭐…… 저 녀석들을 말리고 슬슬 출발하자."

두 사람은 고개를 마주 끄덕이고서 말다툼하는 우리를 중재하러 끼어들었다.

말다툼이 끝난 우리는 다시 말과 성수를 타고 도로를 따

라 달리기 시작했다.

선두부터 마르크, 린, 나. 최후미를 레티아가 지켰다.

그때, 내 앞을 달리는 린의 어깨 위에서 노란색 무언가를 발견했다.

한마디로 표현하자면 고깔모자를 쓴 노란색 난쟁이 할아버지였다. 풍성한 턱수염이 멋있는걸. 그 난쟁이가 린의 어깨 위에서 귓가에 대고 뭔가를 소곤거렸다.

"린, 그 노란 사람······."

"아, 보여? 흙의 정령이야."

""뭐라고?""

앞뒤에 있는 두 사람은 당연히 그런 건 안 보인다는 듯 주변을 두리번거렸다.

"멈춰 봐. 이 너머 동굴에서 좋은 걸 채집할 수 있대."

린이 그렇게 말하며 도로 바깥에 있는 숲속을 가리켰다. 우리도 말과 성수를 멈추고 모였다.

"잠시 들르고 싶은데 괜찮아?"

린은 안 된다고 해도 혼자서 갈 듯한 분위기였다. 왠지 눈이 탐욕으로 번들거리는 느낌이었다.

"네, 네. 이번에는 소재 채집의 호위를 하러 온 거니까. 우리는 행선지에 왈가왈부하지 말고 지키기만 하면 돼."

"그래, 맞아."

마르크와 레티아는 허락하더니 소곤대며 대화를 시작했다.

"그런데 레티아."

"왜?"

"요정이 진짜 있어?"

"글쎄. 뭐, 상상을 뛰어넘는 아가씨들이 입을 모아 '있다'고 했으니 있겠지."

"그런가……."

달관한 모습의 레티아에 비해 걱정이 많은 마르크는 뭔가 이상한 소녀와 친해진 것 같다는 생각이 들었다.

마르크와 레티아는 숲에 들어가기 위해 말에서 내려 고삐를 끌며 걷기로 한 듯했다. 선두를 걷는 마르크가 핼버드를 휘두르며 키가 작은 나무와 풀들을 베어 길을 만들며 나아갔다. 나와 린은 성수를 탄 채로 전진했다.

숲 안이라서 당연히 마수가 몇 마리 나오기는 했지만 멧돼지같이 생긴 이블 보어라든가 그 상위종인 데빌 보어가 나오는 정도여서 그렇게 큰 전투는 벌어지지 않았다. 오히려 그런 놈들 상대로는 전력이 과한 수준이었다. 내가 얼음 마법으로 다리를 묶으면 전위 세 사람이 목을 서걱서걱 베서(아, 한 명은 머리를 으깨서) 마무리했다.

이윽고 숲이 탁 트이며 온통 얼음으로 뒤덮이고 천장에 고드름이 겹겹이 매달린 동굴이 눈앞에 나타났다.

그 동굴 앞에서 린의 어깨 위에 있는 노란색 난쟁이가 고개를 끄덕였다.

"응, 여기인가 봐."

동굴 안에 몬스터가 숨은 경우도 있다. 그래서 마르크가 매직 백에서 마도구 석유등을 꺼내고 선두에 서서 주위를 밝히며 경계하면서 신중하게 나아갔다.

경계하지 않아도 되는 상황이었다면 석유등의 빛이 이곳저곳에 매달린 고드름과 벽면, 천장, 발밑을 이룬 얼음벽에 반사되어 주변을 환하게 비추는 이 광경이 환상적으로 느껴졌을 것이다.

다행히 동굴은 일직선이어서 여러 갈래 길처럼 길을 헤맬 만한 일은 없었다.

그런데 동굴 가장 안쪽에 거대한 아이스 골렘이 있었다.

골렘이란 원래 흙이나 바위, 광물로 이루어진 거대한 인형처럼 생긴 마물이다. 대개는 몸의 어딘가에 핵이 되는 마석이 있어서 그걸 깨부수지 않으면 몇 번이고 재생해서 해치울 수 없다고 한다. 그러나 이곳에 있는 건 얼음으로 이루어진 골렘의 아종이었다.

어어, 우리 중에 불 마법을 쓰는 사람이 있던가? 심지어 바닥까지 꽁꽁 얼어붙어서 공격수가 두 다리를 제대로 딛고 서 있을지조차 불확실하다.

저기, 린. 동굴에 '좋은' 게 있다고 하지 않았어……?

우리는 난적과 곤란한 상황 앞에서 멈춰서고 말았다. 다행히 아직 거리가 멀어서인지 아이스 골렘도 움직이지 않았다.

그런 상황에 마르크가 우리에게 물었다.

"데이지, 불 마법은……?"

"미안, 못 써."

"린, 대장장이는 불을…….

"그거랑 이거는 별개야."

마르크가 전력을 모두 파악하지 못한 나와 린에게 뭔가 타개책을 찾으려고 물었다.

그래…… 나는 네 속성 중 불 마법만은 아무리 해도 쓸 수 없었지.

불 마법은 모험가 입장에서는 소재를 불태우거나 못 쓰게 할 수도 있고 숲속에서는 쓸 수 없으니 현장에서 별로 도움이 안 돼서 못 써도 괜찮을 줄 알았는데……. 설마 이런 상황에 맞닥뜨리게 될 줄이야.

……불이 아니어도 돼. 그러니까 녹이기만 하면 되는 거잖아. 하지만 그런 방법이 있나?

"우리는 픽이 달린 부츠로 바꿔 신을 건데, 너희는 움직일 수 있겠어?"

마르크와 레티아는 이럴 때를 위한 전용 부츠를 가지고 있어서 그걸로 바꿔 신는 듯했다.

"저희는 발에 날카로운 발톱이 달렸습니다. 데이지 님과 린 님은 저희 위에 타 계시면 움직이는 데에 문제없을 겁니다."

린의 성수인 레온이 대답했다. 그 말에 부츠를 바꿔 신은 마르크가 고개를 끄덕였다.

"지금이라면 뺄 수 있어……. 저건 성가셔. 그래도 가겠다는 거지?"

마르크가 마지막으로 모두에게 확인했다.

린의 어깨 위에 있는 요정이 아이스 골렘을 가리키며 고개를 끄덕였다.

"여기에는 뭔가 있어. 그걸 얻을 거야!"

흙의 요정을 확인한 린이 단호하게 대답했다. 그러자 흙의 요정이 안심했는지 공기 속으로 녹아 사라지듯이 모습을 감췄다.

"저 녀석이 아종이라도 골렘이라면 내부에 있는 마석을 깨뜨리면 돼. 그걸 찾아내서 깨뜨린다. 알겠지!"

끝으로 마르크가 모두에게 확인했다.

모두 말없이 고개를 끄덕였다.

"록 바일!"

내가 선수를 쳐서 마력을 짜내 아이스 골렘의 발치에 있는 흙에 명령했다. 그러자 얼음 바닥을 뚫고 쐐기 모양의 두꺼운 바위가 여러 줄기 솟아나 아이스 골렘의 몸을 산산조각 냈다.

어라……? 더 단단할 줄 알았는데?

치명상은 아니었지만 너무 쉽게 몸이 파괴돼서 놀랐다.

그리고 그 공격 덕분에 붉은 피 같은 색을 띤 핵이 사람으로 말하자면 심장 쪽에 있다는 사실을 알았다.

그러나 아이스 골렘을 이루던 깨진 얼음 파편은 땅에 떨어지지 않고 공중에 떠 있었다. 이윽고 핵 주변으로 얼음 파편이 모이며 원래 골렘 모습으로 돌아왔다.

"가슴의 중앙, 심장 부분에 핵이 있어!"

""알겠어!""

핵의 위치를 알았다면 그곳을 때리기만 하면 돼……!

하지만 내 마법 정도로도 생각보다 쉽게 몸이 파괴됐다는 사실에, 맥이 빠지기보다 일말의 불안이 느껴졌다.

린이 말하는 '좋은' 것. 그걸 저런 마물 혼자서 지킨다는 게 뭔가 위화감이 들었다.

"레온! 저 녀석을 향해 날아가!"

"알겠습니다."

린을 태운 레온이 뒷발의 두꺼운 발톱을 얼음에 박아 넣고 있는 힘껏 뛰어올라 아이스 골렘에게 육박했다. 린은 양손으로 망치를 고쳐 들고 혼신의 일격을 휘두르려고 자세를 잡았다. 그리고 손으로 몸을 못 지탱하는 만큼 양 허벅지에 힘을 주며 레온에게 몸을 고정했다.

"내가 한 번에 못 부수면 마르크, 레티아에게 부탁할게!"

""알겠어!""

"으랏차아아!"

린의 혼신의 일격이 아이스 골렘의 가슴을 덮쳤다. 가슴은 산산조각이 났고 붉은 마석이 허공에서 춤췄다.

"웃차, 잡았다!"

마르크가 달려가 헬버드의 도끼날로 내려찍어 붉은 마석을 박살 냈다.

붉은 마석 파편은 아이스 골렘을 이루던 얼음 파편과 함께 얼음 바닥 위로 팔랑팔랑 떨어졌다.

""아자!""

린과 마르크가 팔을 맞부딪치며 승리를 축하했다.

승리에 취한 세 사람.

그러나 린의 어깨 위에 다시 노란색 난쟁이가 나타나 당황한 모습으로 아니라며 고개와 팔을 흔들었다.

"역시 끝난 게 아닌가?⋯⋯"

다른 세 사람과 거리를 두고 서 있던 나는 멀리에서 노란색 난쟁이의 당황한 모습을 관찰했다.

내 물음의 대답은 그 직후에 알 수 있었다.

얼음 동굴 내부가 울리며 마치 거대한 지진이라도 일어난 듯이 크게 흔들리기 시작했기 때문이다.

그리고 그 흔들림으로 천장에 무수히 매달린 고드름 일부가 부러지더니 공중에 잠시 멈춰 있다가 그 고드름의 예리한 끝부분이 우리 네 사람을 향해 날아왔다.

노란색 난쟁이는 황급히 모습을 감췄다.

"칫⋯⋯ 그런 거였나!"

레티아가 혀를 찼다.

그렇다. 우리는 착각했다.

"골렘은 한 마리가 아니었어. 이 동굴 자체가 골렘이었던 거야."

내 예감은 적중했다.

"그리고 아마 이쪽이 본체⋯⋯!"

레티아의 말을 듣고 나는 혼란에 빠졌다. 골렘이란 몸 어딘
가에 마석이라는 핵이 있고 그걸 파괴해야 해치울 수 있다.

"이 넓은 동굴 어디에 핵이 있다는 거야⋯⋯?"

휘잉! 하는 소리를 내며 고드름이 일제히 우리 넷을 덮쳤다.

마르크는 핼버드로 쳐내고, 레티아는 가벼운 몸놀림으로
옆으로 움직여 공격을 피했다. 나와 린은 '정령왕의 수호
반지' 덕분에 눈앞에 물리 장벽이 펼쳐져서 얼음이 그 벽에
부딪혀 부서졌기 때문에 무사했다.

첫 공격에는 전원 피해 없음⋯⋯.

다시 천장 근처에서 뚜두둑, 하고 고드름이 부러지는 소
리가 났다. 얼음 동굴로 의태한 골렘이 두 번째 공격을 준
비했다. 다음 공격은 한 명이 고드름을 하나씩 피하는 정도
가 아닐 것이다. 게다가 놓치지 않겠다는 동굴의 의지인지,
입구 쪽 고드름도 부러져서 공중에 떠올라 우리의 퇴로를
막았다.

우리는 사방으로 고드름에 포위되었다. 심지어 고드름이
부러진 부분은 새로 재생됐다.

이 상황을 타파한다 해도 천장에 매달린 고드름은 셀 수
없이 많고 계속 재생된다. 이 동굴 안 어디에 핵이 있는지
모르니 끝이 없다.

타개책을 찾아내지 못하면 소모전이 될 뿐이다.

"자, 놓아 줄 생각이 없어 보이는데 어떻게 하나……."

추울 텐데도 이마에 식은땀 한 방울을 흘리면서 쓴웃음을 짓고 중얼거리는 마르크.

전위 세 사람은 다 같이 첫 번째 골렘이 있던 곳에 모였고, 나는 홀로 출구 근처에 있었다.

그 순간, 고드름이 일제히 날아왔다!

나와 린은 물리 장벽이 360도로 펼쳐져서 덮쳐 오는 모든 고드름을 파괴했다. 그러나 그 반지가 없는 마르크와 레티아에게는 무수한 얼음의 쐐기가 몸을 꿰뚫을 기세로 공격해 왔다.

마르크는 핼버드를 창을 들듯이 고쳐 들고 회전시키며 날아오는 고드름들을 튕겨냈다.

하지만 레티아의 무기는 카타나다. 무척 많은 고드름을 카타나의 칼집으로 깨부수고 칼날로 튕겨냈지만 하나가 레티아의 왼쪽 어깨를 꿰뚫었다. 레티아는 무릎을 꿇고 몸을 웅크렸다.

"데이지!"

마르크가 레티아의 곁으로 달려가 레티아의 어깨를 꿰뚫은 두꺼운 고드름을 뽑으며 떨어진 곳에 있는 나에게 외쳤다.

"윽……!"

어깨에서 고드름이 뽑혀 나간 레티아가 아픔과 충격에 신음을 흘렸다. 아마 어깨뼈까지 다친 듯했다.

거리가 조금 있으니까 그 방법을 쓰자!

나는 하이 포션 병을 꺼내 뚜껑을 열었다. 그리고 포션을 흘려서……!

"가라, 포션탄!"

내가 던진 구체 형태의 하이 포션이 레티아에게 명중해 뼈와 살을 원래대로 재생시켰다.

"고마워, 데이지."

레티아가 마르크의 부축을 받아 일어서며 감사 인사 했다.

모두 무사해서 마음이 놓였다.

하지만 근본적으로 이 상황을 어떻게든 해야 하는데……!

그 순간, 예전에 친가에 있을 때 마법을 가르쳐 주셨던 유리아 선생님의 말이 뇌리에 떠올랐다.

'마법을 연습하면서 마력을 잘 조절하는 기술을 익혀 놓으면 분명 연금술을 쓸 때도 쓸모가 있을 거야.'

그리고 다음으로 아나 씨가 가르쳐 주셨던 말을 떠올렸다.

'물은 온도가 낮으면 얼음이 돼서 굳고, 따뜻해지면 녹아서 다시 물이 되고, 불에 가열하면 증발해. 그건 금속도 똑같아. 가열하면 녹고 더욱 가열하면 증기가 된단다. 단 물과 달리 그 온도가 매우 높아서 마력을 사용해야 해.'

그래, 마법도 연금술도 같은 '마술'이잖아!

그리고 연금술에서는 '마력'으로 열을 발생시키지!

맞아, 나는 '불 마법'을 대신할 힘을 가지고 있었어!

사실 연금 가마는 마도구가 아니다.

연금 가마를 이용해 금속을 녹이는 건 연금 가마를 매개로 열을 발생시켜서가 아니다. 연금 가마는 그냥 특수한 소재로 만든 가마에 지나지 않는다. 연금술로 금속을 녹일 때 상당한 고열이 발생하기 때문에 그에 견디도록 만들었을 뿐이다.

금속을 녹이는 건 '연금 마법'이다.

그렇다면 '연금 마법'을 써서 이 동굴을 '거대한 연금 가마'라 생각하고 고체인 '얼음'을 녹이면 되지 않을까?

뭐, 연금술을 전투에 사용하지 말라는 법은 없을 테니까. 그리고 어디에 핵을 숨겨 놓았든지 간에 얼음이 녹아서 물이 되면 모습을 드러낼 거 아니야?

나는 승기를 잡아서 씨익 웃었다. 심지어 이 상황을 타개할 방법이 '연금술'이라니!

"얼음이여, 녹아라!"

불 마법을 못 쓰는 게 뭐 어쨌다는 거야! 나한테는 '연금 마법'이 있다고!

그래! 이건 거대한 연금 가마야. 그 안에 얼음이 든 거지.

금속을 녹일 때의 그 느낌을 떠올려⋯⋯!

동굴 전체에 마력을 가득 채운다. 넓은 동굴 전체에 마력을 널리 퍼뜨리려고 마력이 고였다는 아랫배를 향해 정신을 집중하자, 마력이 송두리째 빠져나가는 게 느껴졌다. 그리고 연금 가마로 치환된 동굴의 온도가 서서히 올라갔다.

무수한 고드름 끝에서 물방울이 떨어지기 시작했다. 발치와 벽도 딱딱하게 얼어 있던 표면이 조금씩 녹으며 약해졌다.

동굴로 의태한 골렘이 나를 방해하듯이 아직 남은 무수한 고드름으로 나를 공격했지만 '정령왕의 수호의 반지'가 있는 내겐 전혀 효과가 없었다.

……감사합니다! 정령왕님!

"대단해……."

마르크가 중얼거렸다. 마르크는 레티아와 린과 함께 녹아가는 얼음을 멍하니 바라보았다. 얼음을 녹이는 높은 온도와 얼음이 녹아서 충만해진 습기에 다들 땀범벅이 되었다.

이윽고 얇아진 얼음 아래의 땅바닥 중앙에 마석을 장식한 마법진이 모습을 드러냈다.

"이거로군……."

그 마법진을 발견한 레티아가 카타나 칼끝으로 마석을 찔렀다. 마석은 산산이 부서졌다.

그러자 내 마력의 개입 없이도 얼음이 자연스럽게 녹아내렸고 눈 깜짝할 사이에 물이 되어 동굴 바깥으로 흘러나갔다.

우리는 이 고비를 어떻게든 넘기는 데에 성공했다.

"하아."

긴장감에서 해방되어 나도 모르게 한숨이 새어 나왔다.

"마력이 거의 바닥났어."

나는 모두에게 마력을 거의 다 썼다는 사실을 알렸다.

"아무리 그래도 동굴 전체를 가열하는 짓을 했으니까……. 여기에 있는 '좋은' 걸 얻고 나면 쉬자. 잘했어, 데이지."

마르크가 곁으로 다가와 내 공헌을 치하하듯이 머리를 마구 쓰다듬었다.

마법진 위에 보물 상자가 하나 출현해서 우리는 그곳에 모였다.

그런데 어째선지 젖은 동굴 안, 보물 상자와는 상관없는 곳에 노란색 난쟁이가 우르르 나타났다. 그리고 난쟁이들이 바라보는 동굴 안쪽 벽을 린도 함께 바라봤다.

"보물 상자를 열어 볼까……. 린, 거기서 뭐 해?"

마르크가 고개를 갸웃거렸다. 아마 마르크의 눈에는 린이 혼자서 아무것도 없는 동굴 안쪽을 바라보는 것처럼 보이겠지.

"광물 추출!"

린이 그렇게 말하며 동굴 벽을 가리키자, 노란색 난쟁이들이 일제히 양팔을 치켜들었다. 그러자 동굴 안쪽 벽이 황금색으로 빛나며 반짝이는 입자가 벽면에서 흘러나와 허공을 가득 채웠다.

"광물 재결정!"

린이 그렇게 외치자, 난쟁이들이 허공의 어느 한 점을 일제히 가리켰다. 그러자 반짝이는 입자가 그 점에 모이더니 하늘색의 타원형 보석으로 변해 린의 손바닥 위로 떨어졌다. 어느새 그 많던 난쟁이들은 사라져 있었다.

린이 우리 쪽으로 몸을 돌리고 그 보석을 엄지와 검지로 집어 우리에게 보였다.

"얼음 속성을 지닌 보석이라고 할까."

"잠깐 보여 줘."

나는 린에게 다가가 그 보석을 가만히 바라봤다.

[신여의 보석(영결)]

분류: 광물−재료

품질: 양질~최고급

레어도: S

세부 사항: '영결'의 속성을 지닌 보석. 다른 속성 소재와 혼합하면 품질이 더욱 오른다.

속마음: 혼자여도 좋지만 조금 아쉬워.

"이거, 속성이 다른 보석이 또 있나 봐. 다른 속성이랑 합치면 효과가 더 좋아진대."

"음~ 그럼 뭔가에 쓰려면 이거랑 닮은 보석을 모으는 게 좋겠네. 그래서 합치면 품질이 오른다는 건 아마 데이지의 연금으로 혼합한다는 뜻이겠지?"

그렇구나, 하고 중얼거린 린은 "받아 둬."라며 그 보석을 나에게 건넸다.

"그럼 보석이 모일 때까지 내 아틀리에의 보관고에 맡아 둘게."

나는 받아든 보석을 일단 핸드백 안에 집어넣었다.

"보물 상자를 연다!"

마르크의 외침에 둘이서 보물 상자 쪽으로 달려갔다.

"보물 상자는 처음 열어 봐! 이거야말로 모험이라는 느낌이 드는걸!"

나는 마르크 옆에 쪼그려 앉아 두근거리는 마음으로 상자가 열리기를 기다렸다.

"이런 면은 어린애답네."

쿡쿡 웃은 레티아가 내 머리를 마구 헝클었다.

나는 어린아이 취급을 받은 게 불만스러워서 볼을 부풀렸지만 곧바로 인생에서 처음으로 '보물 상자를 연다'는 두근거림으로 마음이 가득 찼다.

안에 뭐가 들어 있을까……!

마르크가 보물 상자를 열자 끼익, 하는 소리를 내며 안에 든 것을 드러냈다.

안에는 주먹만 한 크기의 투명한 돌과 자루가 들어 있었다.

[영구동토의 돌]

분류: 광물–재료

품질: 고급품

레어도: A

세부 사항: '영결'의 속성을 지닌 돌. '영원한 결정' 속성을 지닌다.

속마음: 비. 밀!

'비밀'이라니 뭐지? 깜짝 놀랐네.

그리고 자루 안에는 이게 들어 있었다.

[민첩의 씨앗]

분류: 종자류

품질: 양질

레어도: B

세부 사항: 그대로 먹으면 일정 시간 민첩함이 향상된다. 또한 씨앗이라서 당연히 발아한다.

속마음: 그대로 먹는 거랑 키워서 늘리는 거랑 어느 쪽이 더 좋을 것 같아? 아 참, 포션으로 만들 수도 있어.

음, 왠지 오늘은 감정의 말투가 짓궂은 것 같은데……?

결국 '영구동토의 돌'은 아무도 쓸 곳을 못 찾아서 내가 맡았다. 뭐, 아무리 봐도 이대로 쓸 수 있을 소재는 아니니까…….

그리고 '민첩의 씨앗'은 씨앗을 키워 보고 싶다고 말한 내가 발아할 것 같은 것을 몇 개 갖고, 남은 걸 전위 세 사람에게 분배했다.

참고로 '민첩의 씨앗'은 땅콩 같은데, 먹으면 일정 시간 동안 민첩함이 오른다고 한다. 아까 그 동굴처럼 종종 보물 상자에 들어 있어서 모험가가 입수하면 기쁜 아이템인 듯하다.

비슷한 걸로 '힘의 씨앗', '지력의 씨앗', '수호의 씨앗' 등이 있는데 각각 힘과 지력(마법의 위력), 방어력을 올린다고 한다. 입수할 확률이 그리 안 높아서 꼭 필요할 때에만 사용한다는 듯하다.

"보통 이걸 재배하는 사람은 없는데 말이야. 아니면 재배가 어려운 걸 수도 있지. 하지만 만약 재배에 성공하면 큰 소란이 벌어질걸. 꽤 희귀한 드롭 아이템을 가게에서 산다니, 이건 혁명이야."

마르크와 레티아는 내가 이 씨앗을 재배하는 데에 성공했으면 하는 눈치였다.

……좋아, 모두가 그렇게 원한다면 식물의 정령과 상담해서 키울까.

아까 그 동굴을 나와 마르크가 만든 길을 지나 숲에서 도로로 돌아온 우리는 도로 반대편에 펼쳐진 부드러운 잡초가 자란 풀밭에서 쉬기로 했다.

생각보다 동굴 안에서 시간을 많이 잡아먹었는지, 이미 햇빛이 오렌지색으로 변해 있었다.

마르크와 레티아는 매직 백에서 꺼낸 텐트 두 장과 간단한 조리 기구 같은 야영 도구를 척척 설치했다. 역시 A랭크가 될 정도니까 수없이 해 봤는지 설치가 무척 능숙해서 나와 린이 도울 필요가 없었다.

아까 그 동굴로 의태한 아이스 골렘을 녹이는 데에 마력을 몽땅 쏟아붓는 바람에 몹시 나른해진 나는 세 사람에게 양해를 구하고 커다란 상태의 리프에게 엄마 개의 품에 안긴 강아지처럼 기대어 쉬었다.

약간 떨어진 곳에서 린이 새끼 사자 모습으로 변한 레온을 '강아지풀'로 놀아 주고 있었다.

……레온, 성수가 그래도 되는 거야?

"그건 그렇고 '연금술'을 전술에 응용한다는 발상은 처음 봤어. 그 덕에 살았네."

레티아가 그렇게 말하며 숲에 들어갈 때 나이프로 사냥한 이블 보어의 고기를 갈무리했다. 그 옆에는 이미 불이 피어올랐고, 이곳에 오기 전에 모은 버섯과 뿌리채소가 불 위에 걸린 냄비 안에서 춤췄다.

"나는 아무리 노력해도 불 마법에는 재능이 없었거든. 하지만 연금술로 금속을 녹이는 건 가능하니까 그 상황이라면 쓸 수 있을 것 같았어……. 흐아암. 그런데 연금 가마랑 동굴은 크기가 너무 달라서 마력을 거의 다 썼어."

피곤함과 리프의 온기에 나는 나도 모르게 하품을 하며 대답했다.

"데이지의 임기응변이 아니었으면 아이템도 입수 못 하고 간신히 후퇴나 하면 다행인 상황이었으니까. 데이지는 열심히 했으니까 걱정 말고 자. 애초에 넌 아직 어린애니까 무리하지 않아도 돼."

린이 레온과 놀아 주던 손을 멈추고 다가오더니 내 머리를 마구 헝클었다. 그 손바닥 아래에서 고개를 끄덕인 나는 눈 깜짝할 사이에 색색거리는 숨소리를 내기 시작했다.

'어린애니까' 라는 말에 울컥할 기력조차 남아 있지 않았다.

"음……."

내가 고기가 구워지는 향긋한 냄새에 눈을 뜨자, 이미 주위는 깜깜했고 빛이라고는 우리가 야영하기 위해 피운 모닥불밖에 없었다.

하늘을 올려다보니 온통 별빛으로 빛나고 있었다. 오늘은 달이 없는 밤인 듯했다.

"우와, 대단해! 이런 밤하늘은 처음 봐!"

왕성은 안전을 위해 마도구식 가로등이 거리를 비추기 때문에 지상의 빛이 방해해서 밤하늘을 이렇게 훤히 볼 수 없다.

항상 짙은 남색으로 보이던 밤하늘은 칠흑색이었다. 그곳에 셀 수 없이 많은 크고 작은 별들이 빛났고 별이 밀집되어서 강이 흐르는 것처럼 보이는 부분도 있었다.

"아, 일어났구나. 마침 식사 준비가 끝난 참이야."

레티아가 모닥불에 정성껏 구운 고기를 자르다가 말을 걸었다.

"있잖아 레티아, 저 하늘의 강처럼 생긴 건 뭐야?"

나는 몸을 일으켜 밤하늘을 가리키며 물었다.

"저건 '신들의 눈물의 강'이야. '옛날에 신들의 총애를 받던 아주 아름다운 사도가 죄를 범해서 타천한 것을 신들이 슬퍼하며 흘린 눈물이 강이 되었다.'라는 전설이 있어."

"그렇구나……."

밤하늘에도 그런 이야기가 있었다니 몰랐네. 그렇게 멍하니 하늘을 올려다보는데 누군가가 내 어깨를 두드렸다.

"자, 데이지 몫이야."

뒤를 돌아보니 내 앞에 튼튼한 잎사귀 위에 올라간 이블 보어 로스트와 포크, 컵에 든 스프가 놓여 있었다.

"잘 먹겠습니다!"

포크로 이블 보어 로스트를 꽂아 한 입 먹었다. 노릇노릇하게 구운 표면에 소금과 후추를 골고루 뿌려서 고기의 잡내를 없앴다. 그리고 꼼꼼하게 구워서 속까지 다 익혔는데도 촉촉해서 고기를 씹을 때마다 꽉 들어찬 살코기의 육즙이 배어 나와서 맛있었다.

스프는 채소와 버섯에 소금으로 간한 담백한 맛이었지만

몸이 따뜻해졌다.

"자, 다 먹었으면 내일을 대비해서 데이지랑 린은 자 둬. 망은 우리가 교대로 볼 테니까 안심하고 자."

마르크가 그렇게 말했을 때 레온이 끼어들었다.

"마르크 님, 저희는 종마 중에서도 특수한 개체라 잠을 잘 때도 있지만 원래는 자지 않아도 괜찮습니다. 망은 저희가 보겠습니다."

레온의 말에 리프도 고개를 끄덕였다.

결국 그날 밤은 두 마리의 호의를 받아들여 모두 텐트 안에서 자기로 했다. 나는 린과 함께, 마르크와 레티아는 익숙한지 한 텐트 안에서 각자 잠이 들었다.

제10장 엘프 마을과 세계수

다음 날 아침.

야영 도구를 정리한 우리는 다시 도로를 따라 북서쪽으로
향했다.

'훌쩍훌쩍훌쩍. 아파. 괴로워. 누가 좀 구해 줘.'

어라……? 누가 우는데?

산 쪽에 있는 깊은 숲 옆을 지나갈 때였다.

"잠깐만 멈춰 봐. 누가 우는 소리가 들려."

나는 리프에게 멈추라고 지시하고 숲 쪽을 가리켰다.

"숲 안쪽에 누가 있나?"

마르크와 레티아도 말을 멈춰 세웠다.

"으음, 그런 것 같아. 도움을 요청하는 것 같아서 가고 싶
은데 괜찮을까?"

물론 나는 혼자서라도 갈 생각이지만.

누군지는 모르지만 아프고 괴롭다니 불쌍하잖아.

"어차피 혼자서라도 갈 생각이면서."

린에게 정곡을 찔렸다.

윽……. 들켰네.

"그럼 저번처럼 내가 숲을 헤치고 갈게."

마르크가 그렇게 말하며 핼버드를 휘둘렀을 때, 핼버드가 빠직, 하고 무언가에 튕겨 나가 땅으로 떨어졌다.

"엇! 방금 뭐야?!"

마르크는 자신의 손을 쥐었다 폈다 하며 고개를 갸웃거렸다. 그리고 쭈그려 앉아 핼버드를 집어 들었다.

"저건 숲의 요정인 엔트야! 벤다니 말도 안 돼!"

우리 앞에 나타난 것은 예전에 내 아틀리에에서 정령이 됐다며 기뻐하던 여자아이였다.

설명하는 걸 잊었는데 요정과 정령은 일단 크기부터 차이가 난다. 요정이 손바닥 크기라면 정령은 갓난아기만큼 크다.

그리고 날개 장수도 다르다. 요정은 좌우 한 장씩 총 두 장인 데에 비해, 정령은 좌우 두 장씩 총 네 장의 날개를 지녔다.

"어라, 정령이잖아. 이쪽에서 누군가가 나를 부르는 것 같아서 꼭 숲으로 들어가고 싶은데, 저 나무들이 너희의 친구인 엔트야?"

내 말에 정령은 고개를 끄덕였다.

"정말이지, 그런 중요한 것도 모르다니!"

정령이 잠시 화를 내는데 그 옆에서 가장 앞쪽에 자란 나무가 삐그덕거리는 소리를 내며 나에게 인사했다. 그 나무는 마치 집사 세바스찬이 우리에게 인사할 때처럼 손(가지)을 가슴(?) 위에 올렸다.

신사네⋯⋯!

"저는 이 숲을 구성하는 엔트의 수장입니다. 정령왕님이 총애하는 분이 가시는 길을 저희 일족이 가로막아 정말 죄송할 따름입니다. 지금 당장 모두에게 비키라고 하겠습니다."

"고마워, 엔트!"

나는 그 엔트의 손(가지)을 잡고 고맙다고 인사했다.

그리고 그 모습을 멀리서 지켜보던 지극히 평범한 감성을 지닌 두 사람은 다시 작게 대화를 나누기 시작했다.

"있잖아, 레티아."

"왜?"

"엔트라느니 정령이라느니 정령왕이 총애한다느니⋯⋯. 우리, 뭔가 이상한 사태에 휘말린 거 아닐까?"

"그러게. 그런데 뭐, 따지고 보면 린도 이상한 점이 한 두 군데가 아니잖아. 새삼스레 뭘."

"그런가⋯⋯."

깨달음을 얻은 듯이 달관하는 레티아.

마르크는 자신이 모르는 세계에 가랑비에 옷 젖듯이 휘말리게 될 듯한 예감에 깊은 한숨을 내쉬었다. 하지만 이미 늦었다. 그들은 '영구 호위' 임무를 희귀한 반지와 맞바꾸고 말았으니까.

마르크가 그런 걱정을 하거나 말거나, 나는 지극히 평범하게 엔트와 이야기를 나눴다.

"그럼 부탁해, 엔트. 길을 열어 줘."

"알겠습니다."

엔트가 또 삐그덕거리며 인사를 하자, 쏴아악 하는 소리와 함께 키가 작은 나무부터 거목까지 좌우로 갈라지며 길이 생겼다.

"고마워, 엔트! 린, 마르크, 레티아! 앞으로 가자!"

나는 엔트에게 감사 인사를 한 뒤 기다리고 있는 세 사람에게 말을 걸었다.

왠지 마르크만 지친 표정이네……. 무슨 일 있었나?

뭐, 아무렴 어때!

나는 신경 쓰지 않고 다 같이 앞으로 나아갔다. 발치에는 풀밭만 있고 방해하는 것도 없는 상태였기 때문에 말과 성수를 탄 채로 전진하기로 했다.

숲의 가장 안쪽까지 나아갔지만 아무도 없었다. 그곳에는 반짝반짝 빛나는 마법진만이 있을 뿐이었다.

"으음, 역시 이 앞인 것 같아."

나는 직감이 이끄는 대로 마법진 위에 올라갔다.

"야! 잠깐 기다려! 위험할지도 모르니까 먼저 가지 마!"

마르크가 황급히 제지했으나 이미 늦었다. 내 몸은 마법진에서 피어오르는 빛에 감싸여 전송되기 직전이었다. 어던가로 이동되는 듯한 느낌이 들었다.

"다들 데이지를 뒤쫓아!"

결국 마법진의 빛은 나를 포함한 네 사람과 말과 성수를 감싸며 어딘가로 이동시켰다.

눈을 뜨니, 우리는 온통 신록의 나무에 둘러싸인 세상에 있었다.

천장의 한곳에서 쏟아져 들어오는 빛이 이 세상을 비추며 가득 채웠다.

파릇파릇한 잡초와 나무들을 휘감은 푸르른 덩굴이 무척 아름다웠다. 한 폭 정도 되는 맑은 개울이 빛을 반사하며 흘렀고, 그 개울에는 곳곳에 작은 다리가 걸려 있었다.

그리고 중앙에는 유달리 거대한 나무 한 그루가 천장의 빛을 향해 우뚝 서 있었다.

그 나무는 몹시 커다랬는데 천장보다 훨씬 높았고 구름에 걸려서 어디까지 뻗은 건지 짐작도 안 갈 정도였다.

그러나 그 나무의 커다란 손바닥같이 생긴 잎이 시들어서 갈색이 되고 갈라지거나 땅에 떨어져 있었다.

'훌쩍훌쩍훌쩍. 아파. 괴로워. 누가 좀 구해 줘.'

저 아이다……!

"저 아이야! 저 아이에게서 울음소리가 들려!"

나는 그 거목을 가리키며 리프를 움직이려 했다.

그때, 쩌렁쩌렁하고 단호한 목소리가 우리를 제지했다.

"어떻게 인간이 우리 숲을 찾아냈지! 이곳이 엘프의 영역인 걸 알고도 행패를 부리려는 것이냐!"

그 목소리의 주인은 허리까지 오는 길고 곧은 연한 금발을 한 갈래로 묶고 은색 이마 장식을 쓰고 있었다. 아름다운 이목구비에 눈동자는 날카로운 에메랄드색. 그리고 특징적인 기다란 귀. 그는 나를 향해 활시위에 화살을 메기고 있었다.

주위의 나무를 둘러보자, 그 엘프 한 명이 아니라 수많은 엘프가 우리를 향해 화살을 겨누고 있었다.

우리는 수많은 엘프에게 지금 말 그대로 화살 세례를 받기 직전이었다.

마르크와 레티아, 린은 언제 전투가 벌어져도 괜찮도록 전투태세를 취했다.

양측 사이에 긴박한 정적이 흘렀다.

그러나 그 침묵을 깬 것은 리프의 목소리였다.

"식물의 정령왕님의 비호를 받는 엘프가 그분께서 총애하시는 데이지 님에게 화살을 겨누다니, 어찌 된 일이냐!"

그러자 엘프는 얼굴을 마주 보며 술렁였다.

"종마……?! 아니, 아니야. 저건 성수야. 이마에 박힌 초록색 보석이 그 증거……."

"그렇다면 정령왕님의……?"

"그럼, 그 성수님 위에 계신 건 정령왕님이 총애하는 분……?!"

순식간에 엘프가 일제히 활을 내리고 한쪽 무릎을 꿇으며 고개를 조아렸다.

그리고 맨 처음 우리에게 경고를 내렸던 엘프가 사죄의 말을 읊었다.

"비록 몰랐다고는 하나 저희를 비호하시는 식물의 정령왕님이 총애하시는 분께 무기를 겨누다니 진심으로 사죄드립니다!"

그런 엘프를 옆에서 바라보며 마르크가 벌써 몇 번째인지 모를 한숨을 뱉으며 중얼거렸다.

"있잖아, 레티아."

"왜, 마르크."

"일단 엘프의 마을에 우연히 흘러든 것부터가 평범하지 않아. 일반인은 엘프의 영역에 들어갈 수 없어. 게다가 그 엘프가 일제히 고개를 조아리다니 도대체 무슨 상황이야?"

"지금 이 상황이겠지. 이유는 잘 모르지만 좋은 게 좋은 거잖아? 저렇게 많은 엘프와 진심으로 싸울 생각은 아니지?"

"뭐…… 그런가. 그건 그렇고 데이지는 어떻게 숨겨진 엘프 마을을 이렇게 손쉽게 발견한 걸까."

"있잖아…… 마르크. 그냥 '데이지라서' 그런 걸로 하면 되지 않을까?"

"그런가."

리프에게 "비호라니 무슨 말이야?"라고 물어보니, 이 세상에서 엘프는 식물의 정령왕님이 내려 주신 비밀 장소에 마을을 만들어 산다는 듯했다. 그 장소는 이 세상 어디에 있는지조차 확실하지 않다고 한다.

다만 편의상 이번 전송용 마법진처럼 인간 세계와 마을을 연결하는 지점이 있는 모양이다.

엘프는 대체로 특징적인 끝이 뾰족한 귀와 아름다운 용모, 긴 수명을 지녔다고 한다. 하지만 아름답고 희소한 나머지 안이하게 인간의 마을에 방문했다간 금세 탐욕스러운 사람에게 붙잡혀 애완용 노예가 된다고 한다.

그래서 그들은 인간 마을에서 떨어진 곳에 숨겨진 마법진으로만 오갈 수 있는 이 푸른 낙원에서 생활하는 것이다.

그렇게 생각하니 내 요구에 응해 마법진까지 길을 열어 준 엔트도 평소에는 나쁜 사람들로부터 그 마법진을 지키는 엘프를 위한 수호자가 아닐까 싶었다.

"으음…… 그렇게까지 사과할 필요는 없는데. 우리가 멋대로 너희가 사는 곳에 침입한 건 사실이잖아. 그리고 초면이니까 총애를 받느니 어쩌니 하는 건 너희가 모르는 게 당연하지. 그만 고개 들어. 아무도 잘못하지 않았으니까."

나는 고개 숙인 엘프들을 달랬다.

"하지만 리프가 강하게 말해 준 덕분에 이 상황을 수습할 수 있었어. 고마워."

나는 그렇게 말하며 리프의 머리를 쓰다듬었다. 리프는

기쁘게 미소 지으며 고개를 돌려 내 손을 핥짝거렸다.

그리하여 내 말을 듣고 고개를 들기 시작한 엘프 중 한 명, 그래, 맨 처음에 우리에게 경고했던 엘프가 능숙하게 나뭇가지를 밟으며 내 쪽으로 날아왔다.

"저는 이 엘프 마을의 기사대장을 맡은 엘사리온이라고 합니다. 아까는 정말 실례했습니다. 그런데 정령왕님이 총애하는 분께서 어쩐 일로 저희 마을에 발걸음하셨는지요?"

엘사리온이라는 이름의 엘프는 내 앞으로 오더니 다시 무릎을 꿇고 가슴 위에 손을 올리고서 나를 올려다보며 물었다.

그래서 나는 중앙의 거대한 나무를 가리키며 대답했다.

"그게…… 저 아이가 괴롭다면서 구해 달라고 날 불렀어."

"세계수가……."

엘사리온이 중얼거렸다.

"세계수?"

"예, 세상을 지탱하는 세 그루의 세계수 중 하나가 저 나무입니다. 정령왕님이 총애하는 분께서 지적하신 대로 저 세계수는 병들었습니다. 과연 그래서 세계수가 스스로 도움을 요청하기 위해 정령왕님이 총애하는 분을 부른 것이로군요……."

엘사리온은 납득한 듯이 고개를 끄덕이더니 벌떡 일어섰다.

"식물의 정령왕님이 총애하는 분이시여, 그리고 동행 여러분. 저희의 주인인 해의 엘프족 여왕님에게 안내해 드리겠습니다. 부디 함께 와 주시겠습니까?"

"괜찮아……?"

나는 마르크, 레티아, 린을 돌아보며 물었다.

"지금은 '그래' 밖에 선택지가 없는 것 같은데……."

레티아가 이 상황을 파악하고 대답했다. 결국 다른 두 사람도 그 말에 고개를 끄덕였고 엘사리온의 안내를 받기로 했다.

아 참, 여왕님이 계신 곳으로 안내받는 도중에 나만 계속 '정령왕님이 총애하는 분'이라고 불리는 게 거북해서 이렇게 말했다.

"저기, 엘사리온. 저 아이, 린도 흙의 정령왕님이 총애하는 아이야."

"엑!"

역시 몰랐는지, 엘사리온은 린에게도 필사적으로 사죄했다……

일부러 장난치려고 그런 건 아니다?

그런 대화를 나누며 우리 일행은 엘사리온의 안내를 따라 하얀 돌길을 걸어 더욱더 깊숙이 나아갔다.

그러자 나무에 가로막힌 시야가 확 트이면서 그 너머로 커다란 호수와 그 중앙의 섬 위에 세워진 성이 보였다.

"우와, 예쁘다!"

호수의 투명도가 한없이 높았고 불어오는 산들바람에 일렁인 작은 잔물결이 햇빛을 받아 반짝여서 마치 보석 같았다. 그리고 돌길에서 이어지듯이 걸린 돌로 만들어진 아치형 다리가 성으로 가는 길을 연결했다.

성은 하얀색 점토질의 광물을 반죽해 만든 듯했다. 2층 높이의 그렇게 높지 않은 건물이었다. 새하얀 성벽을 무수히 많은 덩굴이 뒤덮었으며 크기도 색도 제각각인 장미들이 활짝 피어 있었다.

우리는 성 중앙의 입구에 도착했다.

입구 바로 위에 있는 성의 2층 중앙, 아치형으로 돌출된 베란다에 아주 아름다운 여자가 앉아 하프를 튕겼다.

그 여자의 옆얼굴이 우리를 향했다. 부드럽게 흘러내리는 연한 금색 머리카락은 길었고, 눈동자는 연한 라벤더색이었다. 풍성한 머릿결 사이로 엘프 특유의 뾰족한 귀가 엿보였다.

하얀 피부 위에 자리 잡은 도톰한 입술은 잘 여문 체리처럼 붉고 고왔다. 뺨은 마치 그 여자의 주위를 장식한 연분홍색 장미의 꽃잎 같았다. 머리 위에는 머리를 한 바퀴 둘러싸는 형태로 만든 얇고 섬세한 은 왕관을 썼다.

비단일까? 투명할 정도로 얇고 광택이 나는 여러 겹의 천을 겹친 완만한 실루엣의 드레스는 물결치듯이 주름이 잡혀서 아름다웠다. 그리고 그 느슨한 드레스 아래로 솟아오른, 모성이 느껴지는 풍만한 가슴의 실루엣이 드러났다.

"여왕님."

엘사리온이 그 여자에게 말을 걸었다.

"엘사리온……? 어머, 손님을 데려왔군요. 어머나, 정령왕이 총애하는 귀여운 이가 두 분이나……. 모두 안으로 들여보내 줄래요?"

체리 같은 입술이 천천히 움직였고 우리는 손님 입장으로 성안에 초대받았다.

우리는 엘사리온의 안내를 받아 2층에 있는 그 여자에게로 향했다.

여왕님이라고 불린 그 엘프는 이미 하프를 튕기던 손을 멈추고 시중인 여자 엘프에게 손님을 대접할 준비를 하라고 지시를 내렸다.

아치형 베란다에는 우리 네 사람과 여왕님, 엘사리온의 자리가 마련되어 있었다. 그리고 리프와 레온 몫의 물이 도자기 그릇에 담겨 바닥에 놓여 있었다.

"자자, 다들 앉아요. 엘사리온도……. 정령왕이 총애하는 분이 오는 게 몇백 년 만인지 몰라요!"

다, 단위가 남다르네…….

우리는 여왕님이 권유하는 대로 자리에 앉아 시중이 컵에 따른 음료를 마셨다. 부드러운 꽃향기가 나는 허브티였다.

맛있네…….

테라스에서 엘프 마을 쪽을 바라보니 무성한 나무의 중앙에 기운이 없는 세계수가 하늘을 향해 쭉 뻗어 있었다. 그리고 엘프가 사는 곳인지, 벽이 하얀 집이 우리가 걸어 온

돌길을 따라 늘어서 있었다.

"세계수의 목소리를 듣고 마을로 흘러들고 말았어요. 죄송합니다……."

우리가 사죄하자 여왕님이 싱긋 미소를 지었다.

"그렇다면 그건 필연이죠. 사과할 일이 아니에요. 베를 짜는 여신님이 자아내는 운명에 그려져 있던 거예요."

난 신앙심이 없는 건 아니지만 여왕님은 신이 당연히 존재한다는 듯이 말씀하시네…….

그래서 문득 흥미가 일어 물어보았다.

"엘프 여왕님, 신이 진짜로 존재하나요?"

내 말을 들은 여왕님이 놀랍다는 듯이 눈을 깜빡거렸다.

"그걸 당신이 묻는 건가요……? 정령왕도 신들 중 하나인데? 그들과 만나고 있잖아요? 당신도…… 그리고 당신도 말이에요."

여왕님은 미소를 지으며 나와 린을 번갈아 바라보았다.

"참, 먼저 자기소개부터 해야죠. 저는 해의 엘프…… 엘프 세 종족 중 한 종족의 여왕을 맡은 아글라레스입니다. 그리고 이 사람은 기사대장인 엘사리온이에요."

"저는 식물의 정령왕님의 총애를 받는 데이지 폰 프레스라리아라고 합니다. 연금술사고, 연금술 소재를 찾으러 자르텐부르크 왕도 바깥으로 나왔다가 우연히 이곳으로 흘러들었어요."

"저는 흙의 정령왕님의 총애를 받는 린입니다. 데이지와 마찬가지로 자르텐부르크 왕도에서 대장장이 일을 하고 있어요."

"저희는 이 아이들의 호위를 맡은 모험가 마르크와 레티아라고 합니다. 평범한 인간의 몸으로 엘프 마을에 발을 들였음에도 이처럼 환대해 주셔서 황송할 따름입니다."

여왕님은 각자의 자기소개가 끝나자 만족스럽게 미소를 지었다.

"그렇군요, 마르크와 레티아……. 그대들은 두 분에게 휘말려서 이렇게 먼 곳까지 와서 지금은 당황스럽겠지만……. 그대들이야말로 이분들을 지키기에 걸맞아요."

체리색 입술이 부드럽게 휘었다.

"그렇……습니까?"

착실한 성격의 마르크가 고개를 갸웃거렸다. 역시 이곳은 자신이 올 만한 곳이 아니라고 생각한 걸까.

"그래요. 만남이란 운명 안에서도 중요한 사항이랍니다. 사람은 이 세상에 태어나 다양한 환경에서 자라고 인생을 바꿀 결정을 하며 살아가요."

여왕님은 우리에게 천천히 이야기하기 시작했다. 마치 옛날이야기의 한 소절 같았다.

"그런 한 사람의 운명은 이윽고 다른 사람의 인생과 교차하죠. 그 만남이 사람의 인생이라는 이야기를 더욱 장대하게 만드는 거예요. 마르크, 그대의 삶의 방식을 통해 이분들의 운명에 선택받은 거예요. 그리고 이미 그대의 인생은 그대의 이야기임과 동시에 데이지 님과 린 님의 이야기의 일부이기도 해요."

여왕님은 그렇게 말하며 컵을 입가로 가져갔다.

"그래요, 예를 들면 저기에 서 있는 세계수. 저것을 포함해서 이 세상에 단 세 그루 존재하는 세계수는 시들어 멸망할 운명을 맞이했어요. 하지만 저 아이는 스스로 데이지 님을 불렀죠. 그리고 데이지 님이 저 아이를 찾아내신 거예요. 이 만남으로 세계수가 멸망할 운명이 바뀔지도 몰라요!"

여왕님이 후훗, 하고 웃으며 일어섰다. 그리고 아주 기쁜 듯이 미소를 지으며 양팔을 하늘로 치켜들고서 드레스를 펄럭이며 빙글 돌았다.

"세 그루의 세계수는 하늘을 받들고 서서 신이 사는 곳을 지탱해요. 그리고 땅에 뿌리를 내려 인간과 엘프와 마족 등 다양한 생명이 꽃피는 지상과 지하 깊숙한 곳에 있는 명계를 지탱하죠."

여왕님은 손을 움직이며 우리에게 세계수의 역할과 세계의 구조를 설명해 주셨다.

"그들이 시들면 엘프 마을만 멸망하는 게 아니에요. 이 세계 전체가 지지대를 잃고 멸망해 버리는 엄청난 사태가 벌어질 거예요. 하지만 이 만남으로 인해 그런 멸망의 운명이 바뀔지도 몰라요!"

참고로 이 세상의 지상에는 중앙에 인간이 사는 거대한 섬이 있고, 바다를 사이에 두고 중앙의 섬을 둘러싸듯이 엘프 세 종족이 사는 섬 세 곳과 마족이 사는 섬 한 곳이 있다고 한다.

지금까지 전혀 알지 못했던 그런 장대한 이야기에 우리 방문자는 모두 당혹스러운 표정을 지었다.

잠깐만 기다려. 내 인생이 그렇게 장대한 이야기의 일부였어……?

나는 소재를 채집하러 왔을 뿐이야. 그런데 세상이 갑자기 너무 넓어졌잖아……!

나는 울음소리에 이끌려 이 땅에 도달했을 뿐인데 어째선지 장대한 신화의 세계에 휘말린 기분이었다. 심지어 내가 이 세상이 멸망하는 운명을 바꿀 거라고? 그런 말을 들으면 누구라도 혼란스러운 게 당연하잖아?

갑작스러운 상황에 나는 몹시 당황했다. 여왕님은 세계수의 운명이 바뀔 거라고 기뻐하고 계시지만 나는 아직 저 아이를 구할 방법을 알아낸 게 아니다.

그래서 난 솔직하게 그 사실을 여왕님에게 밝히기로 했다.

"여왕님. 저는 아직 실제로 저 아이…… 세계수를 구할 수 없어요. 아직 구할 방법도 몰라요. 그 방법을 알아내기 위해 먼저 괴로워하는 저 아이 곁에 가 보고 싶어요."

"그래요, 데이지 님의 말은 타당해요. 다 같이 세계수에 가요."

그리하여 우리는 성을 나와 다 같이 세계수에 가기로 했다.

그리고 나는 지금 모두와 함께 세계수 줄기 앞에 서 있다.

'아파, 괴로워.'

세계수는 아직도 울고 있었다.

이렇게 괴로워하다니…… 가여워라.

나는 세계수에게 다가가 양팔을 벌려 그 줄기를 끌어안았다. 아니, 너무 커서 내가 달라붙은 것처럼 보이려나.

"있잖아, 세계수야. 너는 어디가 그렇게 괴롭니? 난 너를 구하고 싶어."

나는 세계수에게 말을 걸었다. 그러자 머릿속으로 세계수의 목소리가 들려왔다.

'내 안에 나를 먹고 나쁜 것을 토해 내는 놈이 있어. 몸이 갉아 먹혀서 아파. 이상한 게 몸 안에 돌아다녀서 괴로워.'

으음…… 어딘가에 나쁜 게 있다고……?

위에서 아래까지 찬찬히 훑어봐도 '그것'이 어디에 있는지 알 수 없었다. 그래서 세계수 줄기를 끌어안은 채로 눈을 감고 '느껴' 보기로 했다.

세계수가 특별한 존재이기 때문일까? 눈을 감아도 희미하게 빛나는 세계수의 존재가 보였다.

그리고 그 한가운데의 한 부분, 나도 손이 닿을 듯한 높이에 검은 애벌레 같은 것이 있었다. 그것은 신성한 세계수에 비해 이질적이고 꺼림칙하고 새까맸으며 그다지 좋지 않은 느낌이 드는 무언가를 조금씩 토해 냈다.

"이거다⋯⋯!"

나는 눈을 감은 채로 나무줄기의 '그 부분'을 향해 팔을 뻗었다. 첨벙, 하고 팔이 물에 잠기는 듯한 감촉과 함께 내 팔이 세계수 줄기 안으로 부드럽게 빨려 들었다.

검은 아지랑이 같은 좋지 않은 느낌의 무언가를 토해 내는 벌레가 솔직히 무서웠다.

기분 나빠도 세계수를 위해서야. 어쩔 수 없어. 참자⋯⋯!

각오를 다진 나는 큰맘 먹고 그 꺼림칙한 벌레 같은 것을 붙잡았다. 그리고 그걸 붙잡은 채로 세계수 줄기 안에서 팔을 뺐다.

"이제 됐지, 세계수야?"

나는 손바닥을 펼쳐서 그 위에서 꿈틀거리는 검은 벌레를 세계수에게 보였다.

'응, 아픈 게 나았어!'

[사충(邪蟲)]

분류: 마도생물

품질: 보통

레어도: S

세부 사항: 사법(邪法)으로 재탄생한 애벌레. 식물을 먹고 오염된 마나를 흩뿌린다.

속마음: 이봐, 너! 왜 방해하는 거야! ■■■■님의 명령을 완수할 수가 없잖아!

"꺄악!"

감정으로 엿본 '속마음'이 악의로 가득 차 있어서 놀란 나는 그 벌레를 땅바닥으로 내던지고 말았다.

"이건…… 상당히 꺼림칙한 기운을 발산하고 있군요."

엘사리온이 얼굴을 찌푸리며 땅바닥에 내던져진 애벌레를 노려보았다.

"이건 '사법으로 재탄생한 애벌레'래요……. 이 애벌레가 세계수를 갉아 먹으며 나쁜 걸 몸 안에 흩뿌린 거예요……."

무서워진 나는 그대로 허리에 힘이 빠져 털썩 주저앉고 말았다. 린이 그런 나를 달래듯이 내 등 뒤로 다가와 쪼그려 앉아 나를 끌어안았다.

"그래요. 세계수의 이변은 누군가가 의도를 가지고 일으킨 현상이었군요."

"여왕님, 이건 살려 둘 필요가 없으면 제가 가진 홀리 나이프로 정화하고 싶습니다만……."

얼굴을 살짝 찌푸리고서 생각에 잠겨 중얼거리는 여왕님에게 엘사리온이 진언했다.

"해치워요."

여왕님이 더는 보고 싶지 않다는 듯이 애벌레에게서 등을 돌렸다.

그 지시를 따라 엘사리온이 애벌레에게 홀리 나이프를 꽂아 넣었다. 그러자 사악한 기척이 눈이 부신 빛에 감싸여 사라지고 애벌레는 평범한 애벌레가 되어 죽었다.

나는 린의 부축을 받아 일어섰다.

그러자 여왕님이 우리 한 명 한 명의 얼굴을 가만히 바라봤다.

"그대들에게는 빛 속성, 성 속성과 불 속성 마법 사용자가 없는 모양이군요……."

""""네.""""

우리는 그 말에 순순히 고개를 끄덕였다.

"엘사리온, 나의 딸 아리엘을 불러오세요."

"예!"

엘사리온이 떠나고 우리와 여왕님은 그 자리에 남았다.

잠시 후, 우리 곁으로 한 소녀가 찾아왔다.

"어머니, 제가 왔습니다."

그곳에 나타난 건 여왕님을 그대로 복제한 듯한 여자아이였다. 외모를 보면 나보다 어린 듯한데. 물결치는 긴 연한 금발, 분홍색 장미 같은 뺨과 체리처럼 도톰한 입술, 눈꼬리가 살짝 처진 연한 라벤더색 눈동자.

모녀의 다른 점은 그 체리 같은 입술이 주는 인상 정도일까. 어머니 쪽은 잘 여문 과실이 떠오르는 데에 비해, 딸 쪽은 미성숙한 풋풋함이 느껴졌다.

그 엘프 소녀는 하얗고 부드러운 천으로 만든 헐렁한 반팔 셔츠에 같은 옷감으로 만든 무릎 위까지 오는 길이의 통 넓은 바지를 입었다. 소매를 조인 리본과 리본에 조여져 프릴처럼 주름진 소매가 귀여웠다.

그리고 가슴 위로 가죽 보호대를 차고 손에는 미스릴로 된 활을 들었다.

"아리엘, 이쪽에 계시는 식물의 정령왕이 총애하는 분인 데이지 님이 우리 세계수를 구해 주셨어요."

여왕님의 말에 그 아이가 우리 쪽으로 몸을 돌렸다.

"데이지 님, 저희 마을을 구해 주셔서 감사합니다."

그 아이가 고개를 숙이자 머리카락이 등에서 흘러내려 어깨에 걸렸다.

"데이지 님, 당신에게 이 아이를 맡기겠습니다. 그 대신이라는 뜻은 아니지만 남은 두 마을의 세계수도 마찬가지로 안을 좀먹는 벌레로부터 해방시켜 주셨으면 해요."

"어머니! 아리엘도 바깥으로 나갈 수 있는 건가요!"

그 소녀는 라벤더색 눈동자를 크게 뜨더니 여왕님 곁으로 다가가 흥분한 기색으로 허리에 매달렸다.

"아리엘, 그대가 예전부터 원했던 대로 바깥 세계로 나가는 것을 허락하겠어요. 단, 데이지 님을 시작으로 린 님, 마르크, 레티아를 잘 따르고 도움이 되어야 해요."

"신난다! 감사합니다, 어머니!"

여왕님은 허리에 매달린 아리엘의 목에 수정 펜던트를 걸었다.

"달과 별의 엘프족 마을 입구는 아직 모릅니다. 이제부터 제가 왕끼리 연락을 취해 사태를 설명하고 데이지 님 일행이 마을로 들어가기 위한 장소를 확인할게요. 확인이 끝되면 딸에게 맡긴 수정을 통해 연락할 테니 그때까지는 딸을 마음대로 하셔도 좋아요."

으음, 나보다 작은데, 괜찮으려나……?

"저희는 마수와도 많이 싸우기 때문에 따님이 위험하지 않을지 만일을 위해 능력을 확인해도 괜찮을까요?"

남을 감정하는 건 별로 안 좋아하지만 조금 걱정되는걸.

"괜찮아요! 저는 강하니까 전혀 걱정할 필요 없어요!"

아리엘은 그렇게 말하며 가슴을 폈다.

[아리엘]
해의 엘프의 왕녀
체력: 400/400

마력: 2520/2520

직업: 없음

스킬: 궁술(8/10), 빛 마법(7/10), 불 마법(7/10), 성 마법(7/10), 위장

상벌: 없음

재능: 활의 여신의 가호

칭호: 고귀한 태양의 딸

전혀 걱정할 필요 없었네……. 다만 '엘프'라는 부분은 내 은폐 스킬로 감추는 게 좋겠어.

"봐요, 강하죠! 괜히 50년이나 엘프의 왕녀였던 게 아니라고요!"

심지어 이 멤버들 중에 제일 연상이잖아…….

"그리고 저는 이런 것도 가능해요. 위장이라는 스킬이에요, 이것 봐요!"

아리엘이 그렇게 말하며 자신의 귀를 잠시 만지작거리자 뾰족했던 귀가 인간과 똑같이 동그랗게 바뀌었다.

◆

장소를 바꿔 이곳은 신들이 거주하는 천상의 신전. 세 그루의 세계수가 지탱하는 천공에 존재하는 섬 같은 곳이다. 그곳에서 신들이 백악의 신전을 세우고 시중드는 사도들과

함께 살고 있다.

그 신들의 섬 중앙에 신들의 아버지, 신 중에서도 최고위인 창조신의 신전이 유달리 크게 세워져 있다. 그리고 그 안쪽에 있는 왕좌에 노인 모습을 한 신이 나른하게 앉아 있었다.

그곳에서 데이지를 통해 세계수의 이변과 그것이 누군가가 의도적으로 꾸민 짓이라는 것을 안 식물의 정령왕과 흙의 정령왕이 그들의 아버지인 창조신과 대면했다.

"호오, 누군가가 세계수를 시들게 하려 한다고?"

하얗고 헐렁한 로브 차림에 백발을 하고 턱수염이 풍성한 창조신은 그 수염을 어루만지며 정령왕들에게 확인했다.

"예, 그중 한 그루는 제가 총애하는 아이가 좀먹던 존재를 제거하는 데에 성공했지만 남은 두 그루는 지금도 시들어 가는 상황입니다."

식물의 정령왕의 보고에 뒤이어 흙의 정령왕이 이야기를 계속했다.

"변화는 천천히 일어나겠지만 한 그루라도 완전히 시들면 천계의 신이 사는 토지는 무너지고 인간과 엘프, 마족이 사는 지상과 사자가 사는 명계 사이에도 구멍이 뚫릴 것입니다. 저희 신은 지상의 아이에게 필요 이상으로 손을 댈 수는 없지만 어떤 식으로든 조력해야 할 듯합니다."

창조신은 수염을 만지던 손을 멈추고 흠, 하고 고개를 끄덕였다.

"그렇다면 인간 아이의 축복을 조금 조정하는 편이 좋겠 군……. 직업신을 불러라."

"예."

창조신의 시종인 사도가 직업신을 부르러 자리를 떠났다.

직업신. 이름 그대로 세례식에서 사람들에게 직업을 하사 하는 역할을 가진 신이다.

"아버님이 부르셨다는 이야기를 듣고 왔습니다."

은색 생머리와 이지적인 파란색 눈동자를 지닌 남자 직업 신이 나타났다. 그 신은 가슴 위에 손을 올리고 인사했다.

그리고 신들 사이에서 다시 세계수의 이변에 관한 의논이 시작되었다.

"축복 조정 말입니까……. 그렇군요……. 실은 세례식에 서 '현자'와 '성녀'를 하사한 아이가 있었으나 안타깝게도 둘 다 허영심에 빠지고 말았습니다. 남에게 도움이 되겠다 는 마음가짐도 없더군요. 그래서 직업을 거둬들이기 위해 '전직' 계시를 내릴까 하던 참입니다."

"흠, 그래서?"

창조신이 뒷이야기를 재촉하자, 직업신은 고개를 한 번 끄덕이고서 이야기를 계속했다.

"그런데 선한 마음을 지니고 노력을 게을리하지 않으며 그에 상응하는 힘을 가진 '마도사' 아이들이 마침 정령왕 이 총애하는 그 아이 곁에 있습니다. 그 아이들에게 '현자' 와 '성녀'의 전직 계시를 내리겠습니다. 그 아이들이라면 분명 정령왕이 총애하는 아이와 함께 지상의 아이에게 힘이 되도록 노력할 것입니다."

싱긋 웃으며 그렇게 제안한 직업신의 손안에는 손바닥 크기의 수정구가 있었다. 그곳에 비친 '그 아이들'은 데이지도 잘 아는 사람들이었다.

◆

해의 엘프들은 세계수를 구했다는 기쁨에 순식간에 활기를 띠었다. 게다가 '차기 여왕인 왕녀 아리엘이 사회 공부도 할 겸 세계수를 구하러 간다.', '정령왕님이 총애하는 분과 함께 여행을 떠난다.'고 하면서 야단법석이었다.

"오늘 밤은 축제다!"

엘프들이 소란스럽게 뛰어다녔다. 남자들은 축제 준비를 위해 사냥을 하러 나갔고, 여자들은 과일을 따러 숲으로 갔다.

그런 상황에서 우리는 주역이기에 당연히 마을에 머물렀었다. 오늘은 엘프의 성에서 묵게 한다는 듯했다.

"세계수는 이제야 시든 잎이 떨어지고 새잎이 싹트기 시작했네. 그래도 아직 불쌍해."

산책도 할 겸 거대한 세계수를 찾아와, 그 앞에 서서 아직도 썰렁한 모습을 올려다본 나는 슬퍼졌다. 그런 내 옆으로 리프가 다가왔다.

"그러고 보니 식물에도 포션이 듣나?"

문득 그런 생각이 나서 중얼거렸다. 그러자 리프가 그 중얼거림에 대답했다.

"글쎄요, 데이지 님이 만드신 것에 데이지 님의 마력까지 넣으면 효과가 있을지도 모르겠군요. 세계수도 식물의 정령왕님의 권속이니까요."

뭐, 밑져야 본전이니 해 볼까……!

으음. 세계수는 크니까, 범위 마법이 좋겠지?

하이 포션 병을 세 병 정도 열었다. 뭐, 고가의 물건이긴 하지만 어차피 내 밭에 있는 재료로 만든 거니까. 필요한 상황에서는 아낌없이 써야지!

그리고 마력으로 포션 세 병의 내용물을 여러 개의 구체로 바꾼 뒤 또다시 마력을 넣었다.

포션아, 먼저 구체 형태로 하늘로 올라가 줘. 그리고 위에 도착하면 한없이 미세한 안개 형태로 바뀌어 줘.

내 손안에서 포션의 구체가 위로 높이 올라가더니 안개 형태로 바뀌었다.

"큐어 미스트!"

내가 신호하는 말을 뱉었다.

그러자 쏴아아아…… 하는 희미한 소리와 함께 시들었던 세계수 가지와 줄기를 가르고 싹트려 하는 새잎을 포션이 적셨다. 안개비는 위에서 쏟아져 내리는 태양 빛을 받아 세계수를 장식하듯이 큰 무지개를 그렸다.

마치 일곱 색깔 왕관을 쓴 것 같아!

"우와, 예쁘다."

나도 모르게 흘러나온 내 목소리뿐만 아니라 그 광경을 발견한 엘프들이 감탄 어린 한숨이나 환성을 흘렸다.

하지만 그게 끝이 아니었다.

갑자기 어린 초록색 새싹들이 줄기 이곳저곳에서 고개를 내밀고 손바닥 모양으로 피어나더니 쑥쑥 자라났다. 머리 위에 무지개를 인 세계수가 새잎으로 풍성해졌다!

"이렇게 아름다운 세계수의 모습은 처음 봐!"

"세계수가 되살아난다!"

"오오, 저곳에 데이지 님이 계셔! 데이지 님이 세계수를 되살리신 건가!"

"""데이지 님 만세!"""

눈 깜짝할 사이에 내가 이 사태를 일으켰다는 사실을 들키는 바람에 엘프가 내 주위로 달려왔다. 그리고 감격해서 흥분한 엘프가 나한테 헹가래를 쳤다!

부, 부끄러워……!

이러저러해서 헹가래를 당하는데 내 배 위로 세계수 가지 하나가 천천히 떨어졌다.

'내 아이들을 네 정원에 심어 줬으면 해.'

세계수에서 그런 목소리가 들려왔다.

"그럼 같이 우리 집으로 가자."

나는 엘프에게 내려 달라고 부탁한 뒤 가지를 핸드백 안에 넣었다.

그 후, 나는 연금술에 쓸 만한 식물이 없을지 찾으며 마을 안을 걸어 다녔다.

치유초, 마력초……. 뭐, 내 밭에 있는 거랑 같은 것뿐이려나?

아니, 저건!

[엘프의 진주초]
분류: 식물
품질: 고품질
레어도: A
세부 사항: 은방울꽃과 닮았지만 독성이 없다. 꽃에서 추출한 진액은 질 좋은 화장수가 된다.
속마음: 피부를 촉촉하게 하고 좋은 향기가 나는 화장수가 될 수 있어!

좋아, 이런 건 어머니와 언니, 미나나 카츄아도 기뻐할 거야! 다른 건…….

[엘프의 치유초]

분류: 식물

품질: 고품질

레어도: B

세부 사항: 약으로 만들면 체력과 마력이 동시에 회복된다(중간 정도).

속마음: 치유초의 짝이라고 하면?

마력초……!

그리고 짝이 되는 마력초를 찾아냈다!

[엘프의 마력초]

분류: 식물

품질: 고품질

레어도: B

세부 사항: 약으로 만들면 체력과 마력이 동시에 회복된다(중간 정도).

속마음: 정답!

근처에 있던 엘프에게 부탁해 이 세 약초를 나눠 받았다!

그리고 밤이 되었다.

마을 광장 중앙에 거대한 화톳불을 피우고 엘프들이 음악을 연주했다. 의자에 앉은 하프 연주자와 가부좌를 틀고 앉은 류트 연주자, 선 채로 멜로디에 맞춰 몸을 흔드는 플루트 연주자. 그 음색은 아름다운 울림을 자아냈다. 하늘을 장식한 초승달과 반짝이는 별들이 마치 되살아난 세계수를 축하하는 듯했다.

새잎이 돋아난 세계수는 산들바람을 맞으며 사락거리는 소리를 냈다.

엘프가 안에 재료를 넣은 통닭 로스트와 통째로 구운 멧돼지 고기를 열심히 준비했다. 월귤이나 베리, 견과류 같은 숲의 결실도 잔뜩 있었다. 그리고 어른에게는 유리잔에 벌꿀주를 따라 주었다. 어린아이인 나에게는 그 대신에 과일을 짜서 만든 주스가 제공되었다.

악사 엘프가 연주하는 음악 속에서 가수들이 세계수에 부활을 기뻐하는 노래를 바쳤다.

정말 너무나도 아름다운 밤이었다.

제11장 현자의 탑

　우리는 엘프 마을에 하룻밤 머물고 다음 날 아리엘과 같이 현자의 탑을 향해 출발했다.

　아리엘이 탄 것은 티리온이라는 이름의 거대한 독수리였다. 우리가 탄 말과 성수 위를 저공비행으로 날아갔다.

　"아리엘은 인간 세상의 어디에서 살지 아직 안 정했지?"

　내 왕도 아틀리에의 여자 전용 구역인 3층에 방 하나가 남았으니 거기서 지내면 어떨까 싶었다.

　"으음, 글쎄요. 나무 위에서 자도 괜찮은데……."

　체리처럼 사랑스러운 입술에 검지를 올린 그 아이가 그 입술로 터무니없는 말을 내뱉었다.

　"잠깐 기다려! 그건 안 돼! 너처럼 귀여운 아이가 밤에 그런 데서 있으면 괘씸한 놈들이 이상한 짓을 하려 할 거야!"

　""뭐, 그래 봤자 어차피 아리엘의 반격에 당하겠지만.""

　내가 당황하며 말리자 다른 세 사람이 무서운 소리를 했다.

　왜 이런 소리를 하냐 하면 아까 도로에서 이블 보어의 상위종인 데빌 보어 세 마리가 나타났는데 아리엘이 일격에 화살 세 발을 발사해 데빌 보어의 미간을 단번에 꿰뚫어 해치웠기 때문이다.

아리엘의 활은 특수하다.

은처럼 반짝이는 빛이 흐려지는 일 없이 강철 같은 단단함을 지닌 미스릴이라는 금속으로 만들었다.

그리고 그 활에는 물리적인 화살이 필요 없다. 일종의 마도구처럼 마력으로 화살을 만든다. 딱히 의식하지 않으면 평범한 화살이지만 속성을 의식하면 그 아이가 가진 성 속성과 빛 속성, 불 속성 화살을 만들 수 있다.

"자르텐부르크 왕도로 돌아가면 내 아틀리에 빈방이 하나 있는데 거기서 나랑 종업원 아이와 같이 사는 건 어때?"

"아틀리에……? 종업원? 데이지 님은 장사를 하고 계시나요?"

아리엘이 독수리를 타고 날아가며 고개를 갸웃거렸다.

으음…… 연금술은 둘째 치고 빵 공방 쪽은 실물이 없으면 상상이 안 가겠지.

나는 매직 백처럼 가공된 핸드백에서 미나가 챙겨 준 빵 하나를 꺼냈다. 참고로 핸드백 안은 시간의 흐름이 멈춰서 언제 빵을 꺼내도 갓 구운 상태다!(이건 아무리 봐도 신기하단 말이지…….)

"내 아틀리에는 연금 공방과 빵 공방을 같이 운영해. 자, 이 빵 먹어 봐."

나는 그렇게 말하며 빵을 든 손을 위로 뻗었다. 그러자 티리온이 고도를 낮췄고 아리엘이 빵을 받아들었다. 미나의 특제 옥수수빵이다. 안에 마요네즈와 섞은 옥수수가 가득 들었다.

"빵은 납작하고 맛없는 음식 아니었나요?"

아리엘이 고개를 갸웃거리면서도 빵을 한 입 베어 물었다.

"이봐, 날면서 먹다가 혀 안 깨물게 조심해!"

마르크가 우리의 대화를 듣고 어이없다는 듯이 주의를 줬다. 아리엘 쪽이 연상인데도 마르크가 마치 오빠 같았다.

"으음…… 이거 맛있네요!"

아리엘은 외모와는 다르게 엄청난 기세로 빵을 먹어 치웠다. 혀는 안 깨문 모양이니 아무래도 마르크가 괜한 걱정을 한 것 같네.

"데이지 님! 저, 데이지 님의 아틀리에에 살고 싶어요! 빵 공방 일도 도와드릴게요!"

그러더니 아리엘은 마요네즈의 기름기로 입술이 살짝 번들번들해진 것은 신경 쓰지 않고 살짝 높이 날며 "빵~ 빵~ 빵 공방~ ♪" 하고 수수께끼의 노래를 불렀다.

◆

나 마르크가 현자의 탑에 도착한 사실을 보고한다.

하지만 나는 지금 그 탑을 바라보며 몹시 불길한 예감에 휩싸였다.

데이지는 연금술사지만 친가가 마도사 계열 가문이라고 한다. 그런 데이지가 현자의 탑에 도착한 것이다. 아무 일 없을 리가 없다.

탑은 무척 높아서 올려다보면 고개가 아플 듯한 높이였다. 그런 탑의 꼭대기는 구름에 가려졌다.

주위에는 현자의 허브가 수북이 나 있고, 데이지는 문제없이 채집을 마친 뒤 가만히 탑을 올려다보았다.

"현자의 탑인가……."

데이지가 그 탑을 올려다보며 중얼거렸다.

그리고 그런 데이지의 등 뒤에서 나는 해선 안 될 말을 꺼내지 않기 위해 가만히 입을 다물었다.

아무리 봐도 데이지가 '현자의 탑을 오르고 싶다.'는 말을 꺼내기 직전이라고!

'올라 보고 싶지 않아?'

그런 말을 했다간 끝이야……!

그러면 돌아올 대답은 '응' 밖에 없잖아!

이 돌로 만든 낡은 현자의 탑은 전부 50층이다. 5층, 10층, 15층…… 이렇게 5층 간격으로 보스급 마수나 마물이 가로막는 식으로 되어 있다.

옛 대현자 그엔릴이 탑 최상층에 살았다고 전해지며 '그곳에 그의 유물이 있는 게 틀림없다.'라는 소문이 있다.

소문일 뿐인 이유는 35층 이상은 아직 아무도 돌파한 적이 없어서 진실을 모르기 때문이다.

어째서 소문만 무성한 것인가.

미돌파 층에 도전했다가 살아 돌아온 자가 한 명도 없어서 35층의 정보조차 없기 때문이다.

"마르크, 레티아. 현자의 탑은 이름 그대로 현자가 살던 곳이야?"

역시 데이지가 질문했다.

'왔다!'

나는 예상했던 미래에 머리를 감싸 쥐었다.

내가 그러거나 말거나 레티아가 그냥 대답하고 말았다.

"그래, 사람들이 모든 층을 돌파한 건 아니니까 아직 소문일 뿐이지만. 대현자 그엔릴이 살았다는 말이 있어."

'그만둬! 레티아!'

나는 마음속으로 외쳤다.

"그렇다면 아직 대현자의 유산이 남았을지도 모르네요."

싱긋 웃는 아리엘.

'아직 돌파 못 한 데에 이유가 있다는 걸 깨달으라고──!'

"나, 친가가 마도사 계열 가문이거든. 현자의 유산이라면 마도서라든가 마법 아이템이라든가, 마도사인 아버지와 오라버니에게 도움이 될 만한 물건이 있을지도 몰라! 그럴 것 같지 않아?!"

데이지가 어째선지 의욕을 보이기 시작했다.

"아니, 그러니까 여긴 미돌파 던전이라서……."

내가 말리려 했을 때, 린이 끼어들었다.

"데이지가 가겠다면 난 따라갈게!"

어째선지 린까지 의욕을 보였다.

""""가자!""""

'끝났다……'

말릴 대사를 칠 틈을 못 찾은 내 패배인가.

나는 각오를 다졌다. 아니, 사실은 포기했다. 좋아, 위험
해지면 모두를 창밖으로 내던지고 나도 뛰어내리자. 말리
지 못한 내 책임이다. 탑에서 떨어져서 생긴 부상이라면 포
션으로 어떻게든 될 것이다.

운이 좋으면 티리온이 받아 줄 것도 같다.

"그래, 가자……."

이리하여 우리 일행은 현자의 탑 입구로 향했다.

◆

현자의 탑 1층.

지상과 이어지는 이곳에는 적이 없었다. 우리는 생명줄인
포션의 잔량을 확인하고 짐을 체크한 뒤에 계단을 올랐다.
말과 티리온은 여기서 대기시켰다. 리프와 레온은 계단을
오를 수 있다고 해서 같이 가기로 했다.

2~5층.

적은 소형 도깨비라 불리는 고블린이었다. 5층 보스도 고블린 로드여서 순식간에 해치웠다.

6~10층.

적은 돼지라 불리는 오크였다. 돼지라고 불릴만한 점이 없는데 돼지라는 멸칭이 붙은 건 뚱뚱한 체형 때문인가? 그렇다면 좀 불쌍하네.

10층 보스는 오크 킹으로 역시 순식간에 해치웠다.

11~15층.

적은 도깨비라고 불리는 오우거였다. 15층의 보스인 킹 오우거는 레티아가 목을 칼날로 일격에 베어서 해치웠다.

16층~19층.

적은 트롤, 이른바 '거인'이었다. 오우거보다 크고 힘이 세지만 뚱뚱하고 우둔하고 움직임이 느렸다. 그들은 곤봉으로 우리를 때리려고 팔을 휘둘렀으나, 내 아이스 엣지와 아리엘의 화살에 미간이 꿰뚫려 큰 소리를 내며 쓰러졌다.

남은 오우거가 천천히 휘두르는 곤봉을 피하며 마르크와 레티아가 목을 베었고, 린이 머리에 망치를 꽂아 넣었다. 아직도 던전에 비해 전력이 과한가.

20층.

보스는 사이클롭스였다.

이른바 '외눈박이 거인'. 얼굴 전체가 거대한 눈인데 그 눈이 급소잖아? 표적이 너무 큰 거 아니야?

아리엘이 그 눈을 표적 삼아 화살을 박아 넣었다. 얼굴은 귀여우면서 하는 짓이 잔인해.

21~24층.

언데드 층이었다.

스켈레톤에 좀비, 구울에 리빙 데드들. 심지어 수도 엄청 나서 층 전체에서 악취가 풍겼다.

"일일이 쏘기도 싫어……."

아리엘이 그렇게 말하더니 층을 통째로 정화시키며 끝냈 다. 아무리 아리엘이라도 공간 정화를 쓰면 마력이 많이 소 비되어서 계단에서 마나 포션을 마시고 다음 층으로 향했다.

25층.

보스는 사령 마술사(해골에 로브 차림)였다.

사령 마술사는 아리엘이 방금 모처럼 정리하고 온 언데드 들을 한 층 가득 소환했다.

"잠깐. 방금 막 냄새나는 걸 정리하고 왔는데 뭐 하는 거 야 너!"

아리엘이 격노하며 다시 공간 정화를 썼다. 사령 마술사 는 그 기술에 휘말려 사라졌다.

보스인데……. 이쯤 되면 불쌍해지는걸.

조무래기와 함께 순식간에 정리당한 보스에게는 위엄도 고마움도 느껴지지 않았다…….

26~29층.

리빙 아머와 언데드 매지션이 둥실둥실 떠다녔다.

리빙 아머는 갑옷만 있는 언데드고 언데드 매지션은 로브만 있는 언데드다. 다시 말해 둘 다 몸이 없다.

"또 나야……?"

한숨을 내쉬며 그렇게 말한 아리엘이 공간을 정화했다.

그러나 리빙 아머만 사라지고, 언데드 매지션은 사라지지 않고 남아 있었다.

"어라?"

아리엘이 고개를 갸웃거렸다.

"마법 공격을 받으면 마법 장벽이 발동하는 모양인데."

상황을 지켜보던 레티아가 설명했다.

"그럼 물리 공격인가~. 좋아!"

아리엘이 성 속성 마력으로 만든 화살을 쐈지만, 역시 마법 장벽이 펼쳐져 튕겨 나왔다. 마력으로 만든 화살은 마법으로 취급하는 듯했다.

아리엘한테는 마법이 통하지 않는 상대용으로 실물 화살도 들고 다니라고 해야겠네.

"으으~ 그렇다면 무기에 성 속성을 부여하면 그만이야~!

지하드!"

볼을 부풀린 아리엘이 성 속성을 부여하는 지원 마법을 모두에게 전개했다.

그러고 보니 난 무기가 없네…….

모두 로브에 숨겨진 핵인 마석을 깨부수고 다녔다.

무기가 없는 나는 유일하게 도움이 되지 못했다.

30층.

보스는 채리엇이라는 고대 전차를 탄 듀라한이었다. 어째선지 머리가 잘렸고, 그 머리를 자기 손으로 소중하게 끌어안은 언데드 기사였다. 왼손으로 머리를 들고 오른손으로 창을 치켜들었는데 저러면 양손을 못 써서 방해되지 않나?

채리엇은 바퀴 중앙에 달린 예리한 꼬챙이로 사람들을 할퀴고 다니며 죽이는 것으로 유명하다. 잔인해.

하지만 듀라한은 그 전차를 움직여 보지도 못하고 아리엘의 성 속성 마법 앞에 안개처럼 사라졌다…….

31~34층.

그야말로 그림에서 튀어나온 듯한 망토 차림의 뱀파이어와 그 권속인 박쥐가 날아다녔다. 그럼 아직 돌파되지 않은 35층의 보스는 뱀파이어의 왕이려나? 그것들은 우리의 피를 빨려고 적극적으로 무리 지어서 왔지만 아리엘의 성 속 성 공간 마법에 소멸했다.

여기서부터가 문제의 미돌파 지역. 35층 이후다.

아리엘은 지금까지 많이 힘썼으니 35층으로 올라가기 전에 계단에서 마나 포션으로 마력을 단단히 보충했다.

계단을 올라 층의 입구를 지났다.

그곳에는 어마어마한 수의 뱀파이어가 바글거렸다. 단, 이전에 당도했던 모험가들의 모습을 했다. 갑옷 차림에 로브 차림, 하지만 모두 피부는 창백하고 눈은 벌겋게 핏발이 서 있었다. 피눈물을 흘리는 자도 있었다.

"죽여줘어어어어!"

"괴로워……."

아직 어렴풋이 자아가 남은 걸까. 죽여 달라고 비는 자, 가족으로 추정되는 사람의 이름을 외치는 자도 있었다.

이 층의 상태는 한마디로 말해 처참했다.

"윽……."

아래층의 몬스터 같은 모습이 아니라 누가 봐도 '인간에서 인간이 아닌 자로 변한 모습'은 우리의 속을 자극했다. 모두 입을 틀어막고 이 처참한 상황에 당황했다. 어쩌면 모험가인 마르크와 레티아는 아는 사람이 있을지도 모른다.

그런 이상한 층의 가장 깊숙한 곳에 이곳을 만든 존재가 있었다. 그것은 환희에 찬 목소리로 당황한 우리에게 말을 걸었다.

"제군들. 나의 층에 어서 오시게! 어떤가, 나의 컬렉션이. 멋지지 않나! 너희도 나의 컬렉션이 되어라!"

그리고서는 꺼림칙한 송곳니를 드러내고 검은색 망토를 펄럭이며 이쪽으로 날아왔다.

그것은 바로 '노 라이프 킹'. 뱀파이어의 왕이었다.

이것이 누구도 현자의 탑을 돌파하지 못한 원흉이었다.

"아리엘!"

"맡겨 주세요! 배니쉬!"

아리엘이 머리 위로 치켜든 팔에서 성스러운 징벌의 빛이 쏘아져 나갔다.

그러나…….

"아리엘! 위험해!"

왕이라고는 해도 뱀파이어다. 자신의 성 마법은 반드시 통할 거라고 생각했던 걸까. 아리엘은 눈을 휘둥그레 뜨고 경악하며 순간적으로 회피 동작을 취하지 못한 채 멍하니 제자리에 굳고 말았다.

그런 아리엘을 구하기 위해 레티아가 둘 사이로 미끄러져 들어갔다. 그리고 그 사이를 비집고 들어간 레티아의 카타나가 깡! 하는 소리를 내며 노 라이프 킹의 송곳니를 아슬 아슬하게 막았다.

레티아는 곧바로 반대쪽 팔로 아리엘을 안아 들고서 바닥을 박차며 노 라이프 킹에게서 거리를 뒀다.

"레티아, 고마워요……."

"그래."

적의 흉악한 일격은 간발의 차이로 아리엘에게 안 닿았다.

"언데드인데 성 마법이 통하지 않는다니. 그럼 다른 방법은……."

아리엘은 곧바로 동요를 거두고 다음 대처법을 고민하기 시작했다.

"뱀파이어의 왕인 나는 현명하지. 언데드라고 하면 성 마법을 쓴다는 건 상식이지. 그렇다면 그에 대한 대비 정도는 해 둔 게 당연하지 않겠나? 자, 믿었던 성 마법은 통하지 않는다. 절망하거라! 너희는 이곳에서 내 인형이 되는 거다! 자, 울어라, 울부짖어라, 인간의 비탄과 체념과 절망으로 가득 찬 표정이 나의 더없는 즐거움이니까!"

노 라이프 킹은 우리를 조롱하듯이 붉은 입술로 소리 높여 웃었고, 그 목소리가 온 층에 울려 퍼졌다.

아리엘은 그것을 도발이라 받아들였는지 눈썹을 치켜세우며 노기를 내뿜었다.

"그렇다면! 불은 어떠냐! 파이어 볼!"

아리엘은 분노를 발산하듯이 대량의 푸른 불꽃을 현현시켰다.

언데드에게 유효한 또 한 가지의 공격, 그것은 불이다. 단순한 파이어 볼이라고 해도 푸른 불꽃은 상급 공격에 해당한다. 아리엘은 그 불꽃을 최대한 크게 만들어 노 라이프 킹의 배를 향해 내던졌다.

"너무 우리를 바보 취급하지 말라고! 이얍!"

노 라이프 킹의 등 뒤에서는 아리엘의 공격이 들어가고 바로 추가타를 먹이기 위해 린이 망치를 내리쳤다. 왼쪽에서는 레티아가 카타나를 들고 바람처럼 달려가 칼날을 휘둘렀고, 오른쪽에서는 마르크가 도끼날로 머리를 가르기 위해 무기를 내리찍었다.

그러나 그 모든 공격은 노 라이프 킹에게 털끝만큼도 상처를 입히지 못했다.

"아하하하! 물리 공격도, 성(聖)도, 어둠도, 빛도, 사(邪)도, 불도, 물도, 흙도, 바람 속성 마법도, 전부 나에게는 통하지 않는다. 자, 포기해라. 절망으로 울부짖어라! 그리고 그렇게 절망한 끝에 나의 컬렉션이 되는 것이다!"

노 라이프 킹은 승리의 확신에 취해 어깨를 흔들며 큰 소리로 웃었다.

저건 아리엘이 화낼 만도 해. 어떻게든 응징하고 싶어.

으음, 하지만 물리 공격도 모든 속성 마법도 안 통하잖아……. 잠깐, 어라?

내가 그 이외의 속성을 가지고 있지 않았나……?

"네가 무효화할 수 없는 걸 찾아냈어!"

내 말을 들은 노 라이프 킹은 모멸이 담긴 표정으로 나를 내려다보며 코웃음을 쳤다.

"하! 나의 몸을 상처 입힐 수단 따위는 없다!"

"정말 그럴까?"

나는 그런 노 라이프 킹한테 한 손을 내밀고 싱긋 웃었다.

"이거라면 어때?! 로즈 윕!"

내가 외치자 지상에서 솟아난 듯한 무수한 가시덩굴이 탑의 온갖 창문과 갈라진 틈새로 들어와 일제히 노 라이프 킹을 덮쳤다.

"뭐, 뭐냐 이것들은!"

동요하는 노 라이프 킹. 하지만 가시덩굴은 마치 의지가 있는 촉수처럼 스스로 노 라이프 킹에게 덤벼들었고 노 라이프 킹이 뿌리치려고 저항해도 물러서지 않았다. 이윽고 덩굴이 그를 옥죄며 마치 멍석말이하듯이 두껍게 감았다.

노 라이프 킹을 행동 불능 상태로 만드는 데에 성공했다!

해냈어!

"왜 마법이 통하는 것이냐! 애초에 이것들은 어떤 원리로 움직이는 거지?!"

노 라이프 킹은 멍석말이가 된 상태로 가만히 서서 몸부림쳤지만, 그 저항은 가시덩굴의 포박을 더욱 거세게 만들 뿐이었다. 이윽고 그는 서 있지 못하고 소리를 내며 바닥으로 쓰러졌다.

왜냐하면 이건 '식물 마법'이거든. 네가 말한 것에 포함

되지 않아…….

"일단 이 녀석을 제압하는 건 성공했나?"

안심한 표정을 한 마르크가 내 곁으로 다가왔다.

"무슨 소리! 팔다리가 움직이지 않아도 마법으로……!"

"덩굴아, 부탁해. 입을 막아."

내가 노 라이프 킹의 입가를 가리키며 부탁하자 덩굴이 떠드는 입을 막듯이 휘감았다.

"제압하긴 했는데 이 녀석을 어떻게 처리하지?"

레티아가 바닥을 굴러다니며 버둥거리는 노 라이프 킹의 목을 카타나 칼등으로 찰싹찰싹 때렸다.

보스를 해치우지 않는 한 다음 층으로 가는 문은 열리지 않는다.

자, 이제 어떡하지……?

다 같이 얼굴을 마주 보았다.

가시덩굴에 말린 상태의 노 라이프 킹을 마르크가 발길질하기도 하고, 레티아가 카타나로 찰싹찰싹 때리기도 하면서 상대가 아무것도 못 하는 틈을 타 일단 그를 둘러싸고 작전 회의를 하기로 했다.

일단 가여운 희생자부터 정화하기로 결정했다.

"모험가들이 불쌍하니까 빨리 정화시키자."

"그건 그러네요."

내가 아리엘에게 부탁하자, 아리엘을 포함한 전원이 동의했다.

"저는 사제가 아니라서 영혼까지 구할 수 있을지는 모르겠지만……. 부디 평온히 잠들기를. 키리에 엘레이손."

그러자 아리엘을 중심으로 성스러우면서도 사자를 향한 동정과 다정함이 느껴지는 정화의 빛이 퍼지며 이 층을 가득 채웠다. 가여운 모험가의 슬픈 말로는 그 빛에 녹듯이 사라졌다.

다음에는 행복하게 생을 마치기를…….

나는 양손을 맞잡고 눈을 감고서 그들의 평안을 빌었다.

그들의 몸은 재가 되어 바닥으로 흘러내렸고 바람을 타고 창밖으로 날아갔다. 영혼으로 보이는 빛나는 구체는 땅 밑에 있다는 명계로 돌아가는 건지 창문을 통해 지상으로 내려가 사라졌다. 그리고 남겨진 갑옷과 로브, 무기와 소지품 등의 장비가 소리를 내며 바닥으로 떨어졌다.

"나, 이거 가지고 돌아가서 모험가 길드에 전해 줄래. 유족에게는 소중한 유품일 테니까……."

마르크는 온 층을 돌아다니며 유품을 주워 매직 백 안에 넣었다.

"나의 컬렉션이!"

멍석말이 상태로 아무것도 못 하던 노 라이프 킹이 정화된 층을 보고 어떻게든 입의 구속을 풀고서 소리쳤으나, 레티아가 뒤꿈치로 얼굴을 잘근잘근 짓밟았다.

"뭐? 이 못된 자식이. 불만 있어?"

레티아가 노 라이프 킹을 위에서 노려보았다.

"하! 그래 봤자 죽이지도 못하는 주제에! 언제까지 이러고 있을 생각이지?"

노 라이프 킹은 비웃으며 여유를 보이다가 끝내 레티아에게 한 번 더 걷어차였다.

으음, 반드시 무언가 속임수가 있을 거야. 언데드에게 성마법이 통하지 않는다니 이상하잖아……?

나는 노 라이프 킹을 관찰하기 위해 살짝 거리를 두고 모든 방향에서 살펴보았다. 물론 '감정'의 눈으로.

[노 라이프 킹]

분류: 마물

품질: 부패

레어도: A

세부 사항: 뱀파이어의 왕. 성 마법과 빛 마법, 화염 공격에 약하다.

속마음: 빨리 이거 놔!

봐, 역시 약점이 있잖아. 하지만 무효화된다니 장비가 원인인가……?

　장신구가 있을 법한 목이나 손목을 순서대로 지긋이 들여
다보았다. 그러다가 손가락을 봤을 때였다.
　"이거다! 이 반지야!"
　노 라이프 킹의 약지에 무지개색 돌이 장식된 반지가 끼
워져 있었다.
　"뭣! 아니야! 그게 아니다!"
　노 라이프 킹이 아우성쳤다. 그렇다면 정곡을 찔렸다는
뜻이네.
　"이제 됐어, 덩굴아. 시끄러우니까 입을 막아."
　노 라이프 킹의 입이 다시 막혔다.

　[신들의 가호의 반지]
　분류: 장비
　품질: 최고품질
　레어도: SSS
　세부 사항: 물리 무효화, 마법 무효화(성, 어둠, 빛, 사,
불, 물, 흙, 바람)
　속마음: 이 못된 놈한테서 빼 줄래? 참고로 가호 능력은
돌이 부여한 거야!

　"반지의 가호인가. 이 자식, 터무니없는 것을 손에 넣었

군. 그래서 어떻게 뺄까?"

레티아는 전 동료였던 모험가를 모독한 노 라이프 킹이 마음에 안 드는지 아직도 발뒤꿈치로 얼굴을 짓밟고 있었다.

음~ 손으로 직접 빼기는 뭔가 싫은데……. 손톱이 긴 게 기분 나쁘고 무슨 짓이라도 당하면 위험하잖아.

"반지의 링 부분을 녹여 볼게."

내 발언에 노 라이프 킹이 눈을 부릅뜨며 경악한 표정을 지었다.

"덩굴아, 손바닥이 보이게 손을 돌려 줄 수 있을까?"

"그, 그만둬!"

그러나 노 라이프 킹의 부탁이 무색하게, 그의 손 방향이 억지로 바뀌었다.

"그럼, 간다."

마력을 지극히 좁은 범위에 쏟아내며 열을 가했다. 당연하지만 반지에 '연금 마법'에 대한 가호는 없어서 노 라이프 킹은 녹아내리는 금속에서 직접 전해지는 열기에 울부짖으며 날뛰었다.

뜨겁겠지만 역시 이놈에게 불쌍함을 느낄 여지는 없어.

이윽고 반지의 일부가 녹아 땡그랑, 하고 바닥에 떨어졌다.

나는 떨어진 반지를 감정으로 확인했다.

좋아…… 반지 자체의 효과는 사라지지 않았어.

"이제 된 거죠?! 배니쉬!"

아리엘이 외치자, 이 층의 주인인 오만하기 짝이 없고 비열한 노 라이프 킹이 소멸했다.

반지는 물 마법으로 식혀서 린에게 맡기기로 했다. 링 부분을 녹였으니 복원해야 하니까.

그리고 우리는 계단을 올랐다.

36~39층.

바실리스크라는 석화독을 지닌 거대한 도마뱀이 잔뜩 있었다. 석화에 대비하지 않은 파티라면 당황했으리라.

"아리엘은 내성이 없으니까 이놈들한테서 거리를 벌려!"

마르크의 지시를 따라 아리엘은 도마뱀에게서 멀리 떨어져 활로 미간을 꿰뚫었다. 그리고 그 외의 멤버는 마음껏 움직였다.

왜냐하면 아리엘을 제외한 전원이 상태 이상 완전 무효화 상태니까…….

40층.

코카트리스라는 석화독을 지닌 거대한 닭이 있었다.

있었으나, 바로 해치웠다.

이유는 이하 생략…….

41~44층.

와이번이 날고 있었다. 이른바 익룡이라 불리는 드래곤의 아종에 해당하지만 별로 강하지 않았다(이 파티를 기준으로).

"그런데 말이야, 이 녀석이 여기에 있다는 건 보스가……."

마르크가 와이번을 추락시키며 상당히 심각한 표정으로 중얼거렸다.

45층.

"우왁!"

선두에서 걷던 마르크가 45층으로 올라가자마자 불꽃이 날아왔다!

마르크는 당연히 그것이 있을 가능성을 고려했기 때문에 경계하며 천천히 그곳을 들여다보았다.

그래서 바로 몸을 움직여 상대가 날린 불꽃을 피할 수 있었다. 덕분에 한쪽 팔과 다리에 가벼운 화상을 입는 정도로 그쳤고, 그 상처는 내가 포션으로 회복시켰다.

저쪽에 대치한 것은 드레이크였다. 아종이고 소형이지만 어엿한 드래곤의 친척이다.

하나 의문이 있는데…….

드래곤이 내뿜는 불꽃, 드래곤 브레스는 물리 공격이나 마법 공격의 범위에 들어가려나?

우리는 일단 전투태세를 갖추고 작전을 생각하려고 계단으로 돌아왔다. 여기라면 드레이크는 못 오고 브레스도 날아오지 않으니까.

"하나 물어봐도 돼? 드래곤 브레스는 물리 공격이나 마법 공격에 해당해?"

내 질문에 리프가 제일 먼저 대답했다.

"안타깝게도 그 어느 쪽에도 해당하지 않습니다. 이 세상의 이치로 볼 때 '물리 공격'은 무게와 가속도를 가지고 가하는 공격으로 제한됩니다. 드래곤이 내뿜는 '불꽃'은 열과 빛의 방사라는 '현상'이고 무게가 없습니다. 그래서 물리 공격의 범위에 안 들어갑니다."

다음으로 레온이 대답했다.

"그리고 드레이크가 만들어내는 불꽃 등의 브레스는 마법의 발현 원리와는 다르게 만들어집니다. 그래서 마법 공격에도 해당하지 않습니다."

"그렇다는 건……."

"이 반지로도 막을 수 없다는 뜻인가."

린이 내가 하려던 말을 중얼거렸고, 우리 둘은 자신의 중지에서 빛나는 각자 다른 색의 돌이 달린 반지를 내려다봤다.

"데이지 님의 체력으로는 브레스를 한 방이라도 맞으면 죽음에 이르실 겁니다. 수호하는 몸으로 황송한 말이오나 제가 지켜야 하는 분이기에 더욱 이 앞으로 나아가는 것은 용인할 수 없습니다."

리프가 안 된다고 말하듯이 고개를 가로저었다.

"린 님도 운 나쁘게 연속으로 공격을 받으면 목숨이 위험할 수도……."

레온도 고개를 숙였다.

"제 공격 수단은 궁술, 빛과 불과 성 속성 마법뿐이에요. 평범한 화살로는 드레이크에게 치명상을 입히기 힘들겠죠. 그리고 빛 마법은 빛 자체와 거기에서 생기는 열을 이용한 공격이에요. 불꽃 브레스를 내뿜는 드레이크 상대로 저는 별로 도움이 안 될 거예요. 그리고 체력 면에서도……."

아리엘이 그렇게 말하며 입술을 깨물었다.

"나랑 레티아는 장비에 열 내성이나 방화 장치가 없어. 무기도 특수한 게 아니야. 데이지가 가진 포션이 떨어질 때까지 버티는 소모전이 될 거야."

마르크가 내 머리 위에 손을 부드럽게 툭 얹었다.

"데이지, 여기까지야. 여기에 가는 것만은 절대로 허락 못 해. 알겠지……?"

마르크의 목소리는 어린아이를 달래는 것처럼 다정했다.

"너무, 분해. 최상층이, 이제, 코앞인데……."

나는 고개를 숙인 채 마르크의 손의 온기를 느끼며 중얼거렸다.

"여기는 현자의 탑이잖아? 그래서 이름 그대로 최상층에 마도사용 책이나 장비가 있다면…… 아버지와 오라버니에게 도움이 될 거라 생각했어. 가족에게 도움이 되고 싶었는데……."

나는 그렇게 중얼거리며 내 옷소매를 꽉 붙잡았다.

"네 마음은 잘 알아, 데이지. 그런데 말이야. 그와 맞바꿔서 데이지한테 무슨 일이 생기면 가족이 기뻐할까……?"

마르크의 질문에 나는 고개를 저었다.

"민폐 끼치고 고집부려서 미안해……."

"신경 쓰지 마. 잘못이나 실패는 누구든 하는 거야. 하지만 죽으면 거기서 끝이잖아. 나는 아무도 잃고 싶지 않을 뿐이야."

마르크가 내 머리를 다정하게 쓰다듬었다.

"데이지."

린이 똑바로 다가와 내 양어깨에 살며시 손을 올리고 마치 어머니가 아이를 달래듯이 부드럽게 어루만졌다.

"나에게는 대장장이 기술이, 데이지에게는 연금술이 있어. 드레이크를 해치우고 싶으면 둘이서 그에 알맞은 장비를 만들면 되잖아. 우리에게는 그럴 힘이 있으니까."

린이 그렇게 말하며 한쪽 팔을 내 머리 뒤로, 다른 쪽 팔을 내 등에 둘렀다. 그리고 두 팔로 내 얼굴을 자신의 어깨에 밀착시켰다.

린의 어깨에 얼굴을 묻은 나는 분해서 입술을 깨물었다.

"오늘은 물러가자. 하지만 언젠가 해치우는 거야. 그러면 됐지……?"

마르크가 확인하자 모두 말없이 고개를 끄덕였다.

모두의 동의하에 우리는 올라왔던 길을 다시 내려갔다.

탑에서 내려오니 이미 해가 완전히 저물어 있었다.

텐트 치기와 모닥불 피우기는 마르크와 레티아에게 부탁했고 식사는 미나가 챙겨 준 빵을 대방출하기로 했다.

오늘은 역시 모두 지쳤으니까…….

빵을 먹고 난 뒤에 다 같이 풀밭에 대자로 드러누웠다.

하늘은 살짝 흐릿해서 반짝이는 별이 안 보였다. 그 속에서 희미한 달의 윤곽만이 현자의 탑 옆을 장식하며 조금이나마 하늘을 밝혔다. 마치 승자는 현자의 탑이라고 말하듯이.

그리고 공략에 실패한 우리의 마음을 표현하는 듯한 뭐라 형용할 수 없는 우중충한 밤하늘.

"아아. 공략 실패라니."

그렇게 린이 중얼거렸다.

"뭐, 그래도 수확은 있었잖아?"

노 라이프 킹한테서 빼앗은 반지를 말하는 건가. 마르크가 우리를 격려하려는 듯이 긍정적인 말을 꺼냈다.

"분명히 그 반지는 고치면 대단하겠네."

그 반지에는 우리가 가진 수호의 반지에 가까운 힘이 담겼으니까.

"저, 데이지 님에게 더 도움이 되고 싶어요."

코를 훌쩍이는 소리와 함께 아리엘이 중얼거렸다.

"저 탑에서 제일 열심히 싸운 건 아리엘이잖아."

아리엘 옆에 누운 레티아가 팔을 뻗어 아리엘의 머리를 헝클었다.

"난 말이야, 모두가 무사히 살아서 돌아온 것만으로도 만족해."

마르크가 고개를 끄덕이다가 "아, 하지만!" 하고 다리를 치켜들더니 그 기세를 이용해 상반신을 벌떡 일으켰다.

"강해지고 싶어!"

마르크가 밤하늘을 향해 외쳤다. 우리 중에서는 가장 상식적인 사람, 그런 마르크의 어린아이 같은 모습에 우리도 미소 지었다.

"그래, 강해지고 싶네."

레티아도 파트너의 외침에 쿡쿡 웃으며 고개를 끄덕였다.

언젠가 다 같이 공략하자…….

그렇게 마음속으로 맹세하며 텐트로 들어갔다.

제12장 이끼투성이 치유의 동굴

다음 날 아침, 아침 식사를 마치고 텐트 같은 야영 도구를 정리한 우리 일행은 다음 목적지인 이끼투성이 치유의 동굴로 향했다.

지금까지 왕도의 북서쪽 출구를 지나 도로를 따라 북서 방향으로 전진했다.

이번에는 방향을 바꿔서 이 나라의 북부 산맥을 따라 동서쪽으로 이어지는 도로를 이용해 동쪽으로 갈 예정이다.

이 길은 북부의 산을 따라 점점이 있는 광산을 오갈 때 자주 쓰이는데 순찰 경계 중인 병사나 인원수를 통제하는 관계로 이동 중인 광부와 곧잘 마주친다.

통행인도 많고 한동안 마수와 마주치지 않아서 평화로운 여행이 계속됐다.

여행은 안전했고 가끔 마수와 싸우는 병사에게 가세하는 정도였다. 그래서 우리는 잡담을 나누며 여행길을 나아갔다.

"있잖아, 린. 만들어 줬으면 하는 게 있는데 얘기를 들어 줄래?"

"응? 내가 만들 수 있는 거라면 그렇게."

나는 지금 원하는 것이 있다.

바로 지팡이다!

당연하지만 평범한 마도사용 지팡이가 아니다.

"지팡이를 만들어 줬으면 해. 포션을 두 종류 정도 넣어 두고 스위치를 누르면 포션이 안에서 분출되는 거야."

"뭐? 뭐야 그게."

린이 자신의 상상과 너무나도 동떨어진 '지팡이'의 구상을 듣고 얼굴을 찌푸리며 고개를 갸웃거렸다.

"포션이 분출되면 내가 그걸 물 마법으로 제어해서 포션 탄으로 만들거나 비처럼 내리게 해서 범위 회복을 시키는 거지! 뭐랄까, 이번 여행에서 후방 지원을 했는데, 포션 병을 일일이 여는 게 귀찮더라고. 그래서 자동화할 수 없을까 해서!"

그렇다. 핸드백에서 포션 병을 꺼내 뚜껑을 여는 데에 걸리는 시간이 아깝다. 그래서 이 작업을 생략하고 싶다.

"데이지, 지팡이 안에 든 포션이 다 떨어지면 어떻게 할 건데……?"

"포션 병으로 보충…… 앗!"

나는 그제야 바닥에 쭈그려 앉아 지팡이를 들고서 수많은 포션 병의 뚜껑을 열어 지팡이에 포션을 보충하는 자신의 모습을 상상했다.

완전 글렀네…….

"그리고 액체를 넣어 두는 거잖아? 지팡이가 흔들릴 때마다 움직이는 액체의 무게가 손목에 부담을 줄 텐데?"

회복사처럼 지팡이로 회복시킨다는 점이 멋지게 느껴졌던 구상이 허점투성이임을 깨달은 나는 볼을 크게 부풀렸다.

"아니, 데이지⋯⋯. 포션탄도 공격하는 사람 입장에서는 충분히 고마워. 포션을 그런 식으로 사용하면 회복사가 붙은 거나 다름없다고."

"이미 내 상상을 뛰어넘기도 했고⋯⋯."

나를 칭찬하는 레티아 옆에서 마르크가 작게 중얼거렸다.

"그럼 지팡이 이야기는 이제 그만하자. 드레이크 대책은 어떻게 할 거야?"

나는 현자의 탑을 공략할 생각으로 가득했다. 왜냐하면 그곳에 아버지에게 도움이 될 만한 마도서나 장비가 있을지도 모르잖아!

"불을 내뿜는 드레이크라면 상반되는 얼음 속성에는 약하겠지. 그러면 무기에 얼음 속성을 부여해야겠네. 뭐, 나랑 레티아랑 린은 '마검' 류 제조를 의뢰하면 될 것 같아."

마르크가 말을 타고 달리며 대답했다.

"저도 열에 강한 드레이크를 상대로 결정타가 부족하니까 얼음 속성을 부여한 화살이 있으면 도움이 되려나요."

아리엘이 날개를 펄럭이는 티리온을 타고 날아가며 희망 사항을 말했다.

"남은 건 방어구네. 우리가 열이나 화염에 내성이 있는 방어구를 만들면 모두가 받는 대미지가 현격히 줄 거야."

대장장이 린도 의욕이 넘치는 모습이었다.

"마지막으로 데이지의 체력을 올리고 싶지만……. 열 살 짜리 여자아이의 체력으로 드레이크의 브레스에 견딘다는 것 자체가 말도 안 되니까 모두의 회복에 전념하면서 입구 쪽에 숨어야겠겠네."

마르크가 나에게 못을 박았다.

윽……. 그래, 난 어차피 저질 체력이다 뭐. 흥이다, 흥.

이렇게 앞으로의 계획을 의논하며 걸으니 목적지인 이끼 투성이 치유의 동굴에 도착했다.

"아, 여기에도 뭔가 있는 것 같아!"

린이 그렇게 말하며 동굴 안으로 들어갔다.

레온에게서 내려 동굴 안에 도착한 린 주위에 수많은 흙의 요정, 노란색 난쟁이가 나타났다.

"광물 추출!"

린이 동굴 벽을 가리키자 노란색 난쟁이가 일제히 양팔을 치켜들었다. 그러자 동굴 안쪽의 벽이 황금색으로 빛나며 반짝이는 입자가 벽면에서 흘러나와 허공을 가득 채웠다.

"광물 재결정!"

린이 그렇게 외치자, 난쟁이가 허공의 어느 한 점을 일제히 가리켰다. 그러자 반짝이는 입자가 그 점에 모이더니 여러 개의 동글동글한 광석으로 변해 린의 손바닥 위로 떨어졌다.

정신을 차리니 그 많던 난쟁이가 이미 사라져 있었다. 귀가가 빠르네.

린이 우리 쪽을 돌아보며 그 광석을 손바닥 위에 올리고 보여 주었다.

"으음, 부드러운 느낌이 나는데. 데이지, 한 번 확인해 봐."

그 말에 나는 리프에게서 내려 린의 곁으로 달려가 그 광물을 가만히 살펴보았다.

[치유의 돌]

분류: 광물-재료

품질: 양질

레어도: B

세부 사항: 장비로 가공하면 자연스럽게 체력 회복 효과가 발휘된다. 다른 장비에 같은 효과가 있는 경우에는 중복된다.

속마음: 내가 있으면 안전하니까 안심이야!

"장비로 만들면 자연스럽게 체력이 회복된대! 심지어 효과도 중복돼!"

나는 흥분해서 결과를 전달했다.

"그렇다는 건 이 수호의 반지의 회복량에 추가된다는 뜻인가……. 만일 같이 장비한다면 엄청나게 편해지겠네."

마르크가 중지에 낀 반지를 내려다보았다.

"이걸로 전원 몫의 장비를 만들 만한 양의 주괴가 나오면 좋겠다! 데이지, 이거 잘 부탁해."

역시 일단은 내가 가공해야 하니 린에게서 광석을 받아 핸드백 안에 넣었다.

이제 당초의 목적이었던 치유의 이끼만 얻으면 된다.

이 동굴 안은 이끼로 가득했고 지하수가 쫄쫄 흘러나왔다. 이 물이 이끼를 키우는 듯했다. 주위가 온통 이끼투성이인데, 그 사이에서 치유의 이끼가 잔뜩 자란 바위를 발견했다.

[치유의 이끼]
분류: 식물
품질: 고품질
레어도: B
세부 사항: 마력이 있어 약재로 쓰인다. 아주 신선하고 싱싱하다.
속마음: 물을 듬뿍 줘! 양지는 싫어!

"이 바위에 붙은 이끼가 필요한데, 가능하면 아틀리에에서 재배하고 싶은걸……."

이끼를 긁어내서 가져가도 번식시킬 수 있나?

내가 잠시 긁어내는 걸 망설이던 그때.

"그럼, 이 바위를 부수면 되지!"

린이 망설임 없이 망치로 바위 밑부분을 부쉈다!

부서진 바위에는 여전히 이끼가 빼곡히 달라붙어 있었다.

그리하여 나는 겨우 당초의 목적이었던 두 소재를 얻어 왕도로 향하는 귀로에 올랐다. 뭔가 딴 길로 샌 시간이 더 길었던 듯한 채집 여행을 마친 우리는 북서문을 통해 왕도로 돌아왔다.

아리엘과 그 종마는 여행 중에 보호했다고 이야기하자, 내가 신원 보증인이 되어 왕도로 들일 수 있었다.

"빠른 시일 내에 신분 증명이 될 만한 걸 얻으세요."

그렇게 말한 안면이 있는 경비병한테 감사해야겠어!

그리고 린에게 맡겼던 이끼를 받아 들었다.

잡은 마수를 환금하고 노 라이프 킹의 피해자 유족 찾기(유품 반환)를 모험가 길드에 부탁하는 일은 일단 마르크와 레티아에게 맡기기로 했다.

이렇게 우리는 길었던 이번 여행을 마치고 해산했다.

제13장 아틀리에로 돌아가자

나는 아리엘을 데리고 오랜만에 아틀리에 데이지로 귀가했다.

가게를 지키던 마커스와 미나가 그런 나를 바로 발견했다.

""어서 오세요!""

마커스와 미나의 얼굴을 보는 것도 오랜만이다.

"다녀왔어! 가게를 오래 비워서 미안해. 내가 없는 동안 곤란한 일은 없었어?"

나는 노고를 치하하는 마음을 담아 미나와 마커스에게 그동안 가게가 어땠는지 물었다.

"연금 공방 쪽은 정규 납품을 밀리지 않고 마쳐서 괜찮습니다. 그리고 밭의 약초도 건강해요!"

마커스는 나라에 납품할 물품 제작과 납품, 배달까지 빠짐없이 한 모양이었다.

"빵 공방은 평소처럼 순조로워요!"

미나도 꾸벅 인사를 하며 보고했다.

"그런데 그 아가씨는……?"

내 옆에서 대기하는 아리엘이 신경 쓰였는지 마커스가 물었다.

"아리엘이라고 하는데 여행길에서 만나서 내가 돌보게 됐어. 아틀리에 3층에서 같이 살기로 했으니까 잘 부탁해. 아리엘, 이 두 사람은 아틀리에에서 나를 도와주는 마커스와 미나야."

내가 소개하자, 아리엘이 함차게 허리를 숙인 뒤 인사했다.

"데이지 님이 마을을 구해 주신 답례로 앞으로 같이 지내게 됐습니다. 아리엘이라고 합니다! 잘 부탁드립니다!"

그러더니 아리엘은 어째선지 마커스와 미나를 향해 코를 킁킁거렸다.

"당신에게서 맛있는 빵 냄새가 나요! 당신이 그 맛있는 빵을 만든 분이로군요!"

아리엘은 미나를 향해 몸을 돌리고 양 주먹을 꽉 움켜쥐고서 반짝거리는 눈으로 미나를 보았다.

"네?"

사정을 모르는 미나가 고개를 갸웃거렸다. 고양이 귀를 살짝 아래로 늘어뜨리고 당황한 표정을 지었다.

아리엘은 그런 미나를 신경 쓰지 않고 이번에는 빵 공방을 구경했다.

"이게 빵 공방이군요! 와아! 처음 보는 빵이 가득해요!"

그리고 다시 부산스럽게 미나 앞으로 돌아와 미나의 양손을 꼭 쥐었다.

"제가 데이지 님과 외출해서 없을 때 말고는 빵 공방 일을 도와드릴게요! 열심히 하겠습니다! 미나 씨가 만든 빵을 여행길에서 먹고 푹 빠졌어요! 존경합니다!"

미나를 바라보던 아리엘의 반짝거리는 눈빛은 존경심에서 나온 모양이다.

"아리엘, 이쪽도 소개할게!"

나는 아리엘에게 말을 걸어 같이 가게 뒤편으로 돌아가 밭으로 향했다.

그곳에서는 요정과 정령이 부지런히 밭일을 하고 있었다.

"다들, 나 왔어!"

내가 말을 걸자, 밭에 있던 모두가 내 주위로 모여들었다.

"데이지! 어서 와!"

"데이지, 그 아이는 누구야?"

정령과 요정이 입을 모아 물었다.

"나는 해의 엘프 아리엘이야! 모두, 잘 부탁해!"

그러자 아리엘 주위로 요정이 모여 함께 장난쳤다.

이리하여 내 아틀리에 일원에 아리엘이 추가되어 더욱 떠들썩한 일상이 시작되었다.

앞으로 한층 더 떠들썩하고 즐거워질 듯한 예감이 들어!

선물의 답례

어느 휴일, 거실에서 책을 읽는데 미나가 내게 말을 걸었다.

"데이지 님. 잠시 상담하고 싶은 게 있는데요……."

손을 맞잡고 손가락을 꼬물거리는 걸 보면 아직도 조금 망설이는 건가?

그래서 나는 미나가 안심하게 미소를 지으며 내 옆 의자를 두드렸다.

"상담해 줄테니까 옆에 앉아!"

그러자 미나가 기쁘게 웃으며 내 옆에 앉았다.

"그래서 무슨 일이야?"

"그게, 자주 선물을 주시는 남녀 모험가 손님 말인데요. 항상 받기만 했으니 뭔가 답례를 하고 싶어서요."

아, 그러고 보니 가끔 임무에서 얻은 기념품이라면서 블러드 카우 같은 고급품을 줬다.

솔직히 말해 돈으로 바꾸면 상당한 금액이 되겠지.

"그러게. 모두에게 주는 선물이라면서 이것저것 받았으니까 가게의 일원으로서 뭔가 답례를 하고 싶은걸."

그러자 미나의 얼굴이 희색을 띠고 환히 빛났다.

"감사합니다!"

"그런데 어떤 게 좋을까?"

그 사람들과 자주 접하는 사람은 미나라서 어떤 것을 기뻐할지 잘 떠오르지 않았다.

모험가라…….

내가 생각에 잠겨 있는데 미나가 입을 열었다.

"그, 있잖아요. 가족이 없는 저에게는 아틀리에 사람과 데이지 님의 친가에 계신 분 이외에는 별로 친한 사람이 없어서……. 손님을 차별하는 건 아니지만 그분들은 제 소중한 분들이에요."

미나의 그 사람들을 향한 마음을 들은 나는 무심코 미나의 머리를 쓰다듬었다.

"으으……."

미나는 허를 찔렸는지 부끄러운 듯이 볼을 살짝 붉혔다.

"그러니까 그, 뻔뻔할지도 모르지만 저희에게 주신 펜던트처럼 뭔가 부적이 될 만한 걸 선물하고 싶어요. '무사히 돌아오기를 바랍니다.' 라는 의미로요."

미나는 나를 조심스레 올려다보며 호소했다.

맞아, 그 사람들은 모험가였지……. 그렇다면 임무를 하러 간 곳에서 위험한 상황에 처할지도 모른다.

"하지만 데이지 님에게 만들어 달라고 부탁하기만 하고, 저는 아무것도 못 하는 게 너무 죄송해요……."

풀이 죽어 꼬리를 축 늘어뜨린 미나.

"어머. 무슨 소리야? 당연히 너도 도와야지!"

내가 그렇게 말하자, 미나가 "네?" 하고 당황했다.

나는 그런 미나의 양어깨에 손을 올리며 말했다.

"연금술도 마술도 기본은 '마음'이야. 이 선물을 멋지게 완성하려면 너의 '그 사람들을 향한 마음'이 중요해."

유리아 선생님과 아나 씨가 이걸 가르치려 했던 게 아닐까 싶다. '마법은 상상력'. 그렇다면 '상냥한 소원과 마음'은 더 많은 힘을 줄 것이다. 미나의 희망을 이루어 주려면 미나 역시 참가하는 편이 좋을 거라는 생각이 들었다.

거기까지 설득하자 미나의 얼굴이 빛을 되찾았다.

"네! 처음이라 조금 불안하긴 하지만…… 저, 열심히 할게요!"

"그럼 내일 좋은 소재를 찾으러 가게에 같이 가 보자!"

"네!"

다음 날, 나와 미나는 빵을 다 구운 뒤 팔기만 하면 되는 시간대를 노려 함께 소재 가게로 향했다. 가게는 아리엘에게 부탁했다.

둘이서 항상 대박 소재를 발견하는 가게에 들어갔다.

"아, 연금술사 아가씨잖아! 오늘도 또 뭔가를 찾으러 온 거야? 마음대로 구경해! 같이 온 아가씨도 뭔가 궁금한 게 있으면 물어봐!"

평소처럼 가게 주인이 스스럼없이 말을 걸었다.

"부적이 될 만한 돌을 찾고 있어요. 모험가분들께 답례로 선물하고 싶어서……."

미나가 스스로 적극적으로 가게 주인에게 말했다.

"그렇다면 마침 좋을 때 왔어! '수호의 돌'이라는 제법 괜찮은 수호 효과가 있는 소재가 들어 왔거든. 가격도 적당하고 선물하기에도 부담이 없어서 좋지 않을까? 잠깐 기다려 봐. 안에서 가지고 올게."

가게 주인이 그렇게 말하며 가게 안으로 들어갔다.

그리고 별로 특별한 것 없어 보이는 동그란 돌 하나를 들고 돌아왔다.

"이거야. 눈썰미가 좋은 아가씨, 어때?"

그 말에 나는 감정으로 돌을 확인했다.

[수호의 돌]
분류: 광물-재료
품질: 양질
레어도: C
세부 사항: 장비로 가공하면 방어력이 10% 상승한다.
속마음: 내가 지켜 줄게!

좋아, 선물로 이런 것도 좋아 보이네.

그런 생각에 살짝 떨어진 곳에서 얌전히 기다리던 미나에게 마치 가게 주인에게 들은 것처럼 위장해 이 돌의 효능을 설명하러 갔다.

그러자 미나의 얼굴이 확 밝아졌다.

"그럼 이걸 몸에 지니면 이 돌이 지켜 준다는 거네요! 분명…… 힘든 임무를 마친 후에도 무사히 돌아올 거예요!"

"그래. 그런 소원을 담아 만들자!"

결국 우리는 그 돌을 바로 사서 아틀리에로 돌아왔다.

그리고 둘이서 실험실로 이동했다. 그리고 주괴 중에서 상성이 좋은 은을 찾아냈다.

"이걸로 합금을 만들 거야! 미나, 네 소원의 힘을 빌려줘!"

"네, 네……."

둘이서 두꺼운 앞치마를 두르고 장갑을 꼈다.

그리고 연금 가마 안에 은 주괴와 '수호의 돌'을 넣었다.

나는 막대를 쥐고서 옆에 선 미나에게 말했다.

"도움이 필요할 때 말을 걸 테니까 그때는 잘 부탁해!"

"네!"

미나가 기운차게 대답했다.

간다……. 미나의 소원을 이뤄줘!

마력을 넣어서 아주 뜨겁게……!

그렇게 마음속으로 외우며 잠시 막대를 움켜쥐니, 가마 안이 뜨거워지면서 은이 녹기 시작했다. 나는 연금 가마 안을 막대로 빙글빙글 휘저었다.

"자, 하나가 되어라……!"

[수호의 주괴]
분류: 합금-재료
품질: 저품질
레어도: C
세부 사항: 방어력이 10% 상승한다. 그러나 결합도가 낮아 힘이 완전히 발휘되지 않을 듯하다.
속마음: 아직 기도의 힘이 부족해…….

좋아, 아직 녹여서 섞었을 뿐이야. 이제부터가 진짜야……!
마력과 모험가를 향한 마음을 담아 막대를 돌렸다.

"미나! 너도 막대를 잡아! 그리고 그 사람들을 향한 소원을 담아!"

내가 그렇게 지시하자, 미나가 황급히 막대를 붙잡았다. 미나는 일상용 수준이긴 하지만 마법을 쓸 수 있다. 그렇다면 강한 소원을 빌면 분명 마음이 전해질 거야!

그렇게 잠시 함께 막대로 저었다.

미나는 기도하듯이 눈을 감고 진지한 표정을 지었다.
이윽고 연금 가마 안에 변화가 나타났다.

[수호의 주괴]

분류: 합금-재료

품질: 고품질

레어도: B

세부 사항: 방어력이 20% 상승한다. 마음씨 착한 소녀의 소원이 담긴 일품.

속마음: 반드시 소중한 사람을 지켜 줄게!

역시 상대를 위하는 힘이 중요하구나……!

나는 미나가 이끌어 낸 결과에 감동했다.

"미나, 대성공이야! 이건 네가 그 사람들을 향한 마음을 담았기에 이룬 결과야!"

내가 미나를 칭찬하자, 그게 사실인지 아닌지 확인할 방도가 없는 미나는 당황하면서도 기쁜 표정을 지었다.

나는 이걸 주괴 틀에 흘려 넣어 식힌 뒤에 린에게 펜던트 제작을 의뢰했다.

◆

"어? 우리한테 답례를 하겠다고?"

린에게서 완성된 펜던트를 전달받은 미나가 모험가들이 가게에 찾아온 날에 선물용 포장지로 감싼 펜던트를 건넸다.

받는 쪽인 모험가들이 당황했다.

사실은 임무를 받아서 이 아이들을 지켜볼 뿐이다. 그런데 답례를 하겠다는 말을 들으니 뭔가 오해를 산 듯한 기분이 들었다.

"항상 임무에서 얻은 기념품이라면서 이것저것 주시기만 했으니까……. 아틀리에 사람들의 성의가 담긴 답례예요."

그 사람들이 미나에게서 받은 꾸러미를 풀자, 각자의 손안으로 펜던트가 떨어졌다.

"펜던트……."

"네. 그건 착용하면 방어력이 20% 오르는 펜던트예요. 그…… 어떤 임무를 받아도 무사히 돌아왔으면 하는 소원을 담았어요."

미나가 두 사람에게 걱정거리가 사라진 듯한 상쾌한 미소를 지었다.

"그렇게 귀중한 걸 준다고? 기념품의 답례치고는 너무 과분한 기분이 드는데……."

그렇게 말하는 여자 모험가의 손을 미나가 꼭 감싸 쥐었다.

"이건 제 소원이에요! 받아 주세요!"

미나의 필사적인 모습이 흐뭇했던 두 모험가는 웃음을 짓고 말았다.

"고마워. 그 마음 감사히 받을게. 또 무사히 기념품을 가지고 돌아올게!"

남자 모험가가 미나의 머리를 부드럽게 쓰다듬었다.

그리고 그들은 아틀리에에서 멀리 떨어진 뒷골목에 몸을 숨겼다.

"이렇게 행복할 수가 있을까."

'그림자'가 '새'에게 말했다.

그들은 본명조차 버리고 그림자로 살아가는 몸. 돌아갈 집조차 없다. 그런 그들이 무사히 돌아오기를 바라는 소녀가 있다.

"그래, '그림자'. 우리는 행복한 놈이야. 이런 곳에 돌아올 장소가 생기다니 말이야."

두 사람은 선물 받은 펜던트를 목에 걸었다.

맨처음 그 아이들을 지켜보게 된 계기는 국왕 폐하의 명령에 따른 것이었다. 하지만 이제 이곳은 그들에게 둘도 없는 소중한 곳이 될 것이다.

"자! 앞으로도 저 아이들을 지키자!"

그들은 펜던트 참을 움켜쥐고 서로에게 맹세했다.

후기

'왕도 변두리의 연금술사' 2권을 구매해 주셔서 감사합니다. 작가 yocco라고 합니다.

이 책은 '가게나 경영하겠습니다' 라는 부제가 달린 주제에 1권이 아틀리에를 개점하는 부분에서 끝난다는, 뭔가 의문이 생기는 구성이었습니다. 주인공의 유년기부터 쓰고 싶었던 작가의 구상 때문에 1권에 담을 수 있는 양이 거기까지였습니다.

하지만 무사히 2권을 출판하게 되어 드디어 제목과 맞아떨어지는 상태가 된 것 같습니다.

2권은 주인공 데이지가 집 안에서 거리로 나와 아틀리에를 경영하며 많은 사람과 만나는 것부터 시작합니다. 스승, 대장장이 파트너, 모험가 동료 등 새로운 만남을 경험합니다.

또, 동료와 소재를 채집하러 모험을 떠났다가 새로운 동료가 늘기도 합니다.

그뿐만 아니라 왕도 안에서만 지냈던 데이지는 왕도 바깥으로 나가 그곳에 사는 다양한 사람을 알게 됩니다. 그런 식으로 앞으로도 데이지의 세계는 점차 넓어지겠지요.

앞으로도 계속해서 열심히 노력하는 데이지를 응원해 주시면 좋겠습니다.

그리고 만화화 이야기입니다.

이 작품의 만화화가 결정됐습니다. 시기로 보아 이미 연재가 개시됐을지도 모르겠네요. 만화는 아사나야 선생님이 담당하시게 됐습니다.

소설과 만화는 각자 다른 매력이 있죠. '왕도 외곽의 연금술사'의 소설판과 만화판 모두 관심을 가지고 응원해 주시면 좋겠습니다. 잘 부탁드립니다.

다음으로 본편 내용에 대한 약간의 보충 사항입니다.

아나 씨가 한 말 중에 '연금술사는 (생략) 욕심에 눈이 멀어 금을 만들려고 풀무질만 해 대는 사람도 아니지.' 라는 대사가 있습니다.

옛날에 연금술사 중에 욕심이 많아 금을 만들려 했던 사람들은 화로를 가열하려고 풀무질만 실컷 해댔기 때문에 '풀무쟁이' 라고 불리며 바보 취급을 당했다고 합니다.

왜 연금술사 이야기에 풀무질이라는 말이 나오는 거지? 싶었던 독자분들께 여기서 내막을 공개합니다.

여기서부터는 감사 인사입니다.

카도카와 북스 분들께는 1권에 이어 이루 다 말할 수 없을 만큼 많은 신세를 졌습니다. 정말 감사합니다.

　그리고 쥰스이 선생님. 여전히 멋지고 부드럽고 섬세한 화풍으로 데이지와 등장인물에게 색과 표정을 입혀 주셔서 감사합니다.

　마지막으로 다 쓰지 못할 만큼 많은 분의 도움 덕분에 이 책이 탄생했다고 생각합니다. 이 책에 관련되신 모든 분께 감사드립니다. 진심으로 감사합니다.

왕도 변두리의 연금술사
~망한 직업에 당첨됐으니 느긋하게 가게나 경영하겠습니다~ 2

2023년 03월 20일 제1판 인쇄
2023년 03월 25일 제1판 발행

지음 yocco
일러스트 쥰스이

발행 영상출판미디어(주)
등록번호 제 2002-000003호
주소 07551 서울특별시 강서구 양천로 570 NH서울타워 19층
대표전화 032-505-2973

ISBN 979-11-380-2527-0
ISBN 979-11-380-2193-7 (세트)

OUTO NO HAZURE NO RENKINJUTSUSHI Vol.2
~HAZURE SHOKUGYO DATTA NODE, NOMBIRI OMISEKEIEI SHIMASU~
ⓒyocco, Junsui 2021
First published in Japan in 2021 by KADOKAWA CORPORATION, Tokyo.
Korean translation rights arranged with KADOKAWA CORPORATION, Tokyo.

구매 시 파손된 도서는 구매처에서 교환하실 수 있습니다.
기타 불편사항, 문의사항이 있으신 독자님께서는 노블엔진 홈페이지
[http://novelengine.com] 에서 Q&A 게시판을 이용해 주시기 바랍니다.

마력 포인트를 쌓아 레벨업하고 새 스킬을 얻어 주인님을 지켜라!
왕자와 방패가 봄을 찾아 떠나는 에픽 판타지, 개막!

녹왕의 방패와 한겨울의 나라

1~2

방패로 환생한 내가 눈을 뜬 곳은
일 년 내내 눈이 내리는 어느 왕국의 보물 창고.
하지만 휘황찬란한 보물이 즐비한 가운데,
나는 '지저분한 방패' 소리만 듣고 아무도 거들떠보지 않았다.
그러한 나에게 손을 내밀어 준 사람은 나처럼 고독했던 마음씨 착한 어린 왕자.
'나와 함께 살아가 줘.' 라는 부탁에 나는 응했다. ——"내가 평생 지켜줄게!"
하지만 내게는 어떤 비밀이 숨겨져 있는 것 같은데——?!

푸니짱 지음 / 히하라 요우 일러스트

꼬마 현자님, Lv.1부터 이세계에서 열심히 삽니다!
1~2

내 이름은 쿠죠 유리, 열아홉 살!
VRMMO 〈엘리시아 온라인〉을 플레이 중, 겨우겨우 염원했던 현자로 전직했어!
그런데 전직 퀘스트를 마치고 '진정한 엘리시아로 가겠습니까?'라는 선택지가 떠서
얼떨결에 승락했더니, 게임 속 세계로 들어왔어!
그런데 외모는 아바타와 똑같은 어린아이(8세)?! 게다가 레벨은 1이라고?
흐에에에엥~ 대체 어쩌다가 이렇게 된 거야아아아!
정신까지 어려진 꼬마 현자님, 이세계에서 어떻게든 잘 살아 보겠습니다!

아야토 유메 지음 / 타케하나 노트 일러스트

영상출판
미디어㈜

해골기사님은 지금 이세계 모험 중
1~10

MMORPG 플레이 중 게임 캐릭터의 모습으로 낯선 이세계에 떨어진 「아크」.
그런데 그 캐릭터가 겉은 갑옷, 속은 전신골격인 해골기사였다!?
안전을 위해서 눈에 띄지 않게 지낼 것을 결심한 아크는
왕위 계승 다툼에 휘말린 왕녀, 노예가 된 동족을 찾는 다크엘프 미녀 등과 엮이면서
자신도 모르게 이세계에 만연하는 악과 싸우게 되는데——

정의구현! 최강 해골 기사님의 이세계 여행기!!

하카리 엔키 지음 / KeG 일러스트

영상출판
미디어㈜

돼지 공작으로 전생했으니까
이번엔 너에게 좋아한다고 말하고 싶어
1~10

대인기 애니메이션 『슈야 마리오넷』의 미움받는 존재 '돼지 공작'.
마법학원에 다니는 공작가의 3남인 스로우 데닝.
그 '돼지 공작'이 된 나는 이대로 가면 좋아하는 여자애도 빼앗기는 배드 엔딩으로 직행!?
그럴 순 없지! 나는 내 지식과 노력으로, 내 사랑스러운 샬롯에게 고백할 거야!

미움받는 캐릭터로 태어나 정해진 운명을 비틀고 행복을 손에 쥐어라!
인기 이세계 판타지, 절찬 출간 중!

Rhythm Aida, nauribon
KADOKAWA CORPORATION

아이다 리즈무 지음 / nauribon 일러스트

영상출판
미디어(주)